책만 팔지만
책만 팔지 ———
　　　　않습니다

사장이자
직원입니다

경영에세이
#1

책방의 애씀과 쓸모

책만 팔지만
책만 팔지
않습니다

구선아 지음

책세상

나를 둘러싼 세계가 흉포하게 날뛰는 날이면 책방에 갔다. 책방과 책은 나를 보통의 오늘로 이끌었다. 책을 사는 날에는 마음이 가난하지 않았고 책을 읽는 날에는 불안이 사그라들었다. 존재와 형상을 만들어내는 언어와 그 언어가 가득 찬 언어의 집. 그에 빠져 책방 여행자가 되었다. 책방 여행자가 되어 서울 곳곳을 걷고 낯선 도시 골목을 떠돌았다. 책방 여행자가 되었어도 책방 운영자를 꿈꾸진 못했다. 대기업 명함이 없다는 불편과 돈을 벌어야 한다는 불안과 자영업 혹은 창업에 대한 불확실함을 뛰어넘을 만큼 난 용기 있는 사람이 아니라고 생각했다.

하지만 나는 이미 작고 큰 선택을 하고 있었다. 모든 선택의 기회를 놓치지 않았다. 오늘이 되기까지 얼마나 많은 선택이 있었던가. 책방을 열기로 한 날, 퇴사하던 날, 계약하던 날, 책방 이사를 하던 날, 재취업의 기회를 거절한 날. 그 수많은 날의 선택에 많은 사람이 "용기 있네요!"라고 말했지만 정작 내게는 큰 용기가 필요하지 않았다. 때론 우연이었고 가끔은 자연스러운 선택이었다. 그렇게 일과 삶이 서로를 구원해준 책방 운영자가 되었다.

매년 출판계는 '최고 불황'이라 말하고, 출판 정책은 점차 축소되거나 부재하고, 누군가는 독자가 이미 사라졌다고 확언하고, 또 누군가는 대형 유통사와 인기 셀럽이 책 시장을 장악하는데 작은 책방이 얼마나 버티겠냐고 말한다. 그러면서 아이러니하게도 많은 사람이 "좋은 일 하시네요"라며 책방 운영자에게 저가 노동, 공짜 노동을 바란다.

그럼에도 난 왜 책방일까. 단언컨대 책과 책방은 사라지지 않을 것이다. 책을 읽고 쓰는 일은 수천 년 전에 시작되었다. 지금 시절은 온통 영상과 이미지로 뒤덮인 생성형 인공지능 시대라지만 책은 우리가 존재하는 한 끊기지 않을 일이다. 다만 책의 기능과 역할과 내용과 독자가 변하고 책방도 변화할 뿐이다.

물론 '책방을 운영하며 겪는 불편과 불안과 불신과 불쾌가 책방을 운영하며 얻는 나의 구체적인 행복과 감각적인 즐거움에는 한참을 미치지 못한다'는 이유가 가장 크다. 감각적인 즐거움이라니. 누군가는 "낭만 같은 소리하고 있네"라며 헛웃음을 뱉을 테다. 나의 책방 운영에는 낭만'도' 있는 것이지 낭만'만' 있지는 않다는 걸 알아주기를.

책방을 운영하며 하루도 애쓰지 않은 날이 없다. 낭만과 돈벌이, 자아실현과 자기계발, 타자와의 만남과 사회와의 연결, 그 모든 애씀 중 가장 큰 애씀은 책방을 지키기 위한 노동과 돈과 시간의 효율적인 애씀, 나와 책방을 찾는 완벽한 이들의 감각적인 즐거움을 위한 공간을 지켜내는 애씀이었다. 읽고 쓰고 만들고 듣고 말하는 일로 돈을 벌고 그 돈으로 월세와 관리비를 내고 책을 사고 다시 읽고 쓰고 만들고 듣고 말하며 나와 당신이 즐거울 수 있는 공간을 지키는 애씀 말이다.

이 책은 이런 책방을 열고 가꾸는 애씀의 과정과 책방의 쓸모가 담겨있다. 600개의 서점이 있다면 600개의 창업기가 있고 600개의 운영기가 있을 것이다. 나의 이야기가 독립서점의 이야기를 대표한다고 생각하지 않는다. 일반화할 수도 없다. 절대기준이 없는 몇 안 되는 공간 중 하나가 바로 독립서점이다. 하지만 이런 생각이 들 때마다 이 책의 쓸모를 생각했다. 책방을 운영하며 "나도 언젠가 책방을 운영하고 싶어요!"라며 반짝이는 눈으로 말하던 셀 수 없이 많은 사람에게, 그때마다 얼마나 하고 싶은 말이 많았는지 이 책을 통해 전한다.

그렇다고 이 책이 책방 운영자나 예비운영자만을 위한 이야기는 아니다. 이 책을 쓰기로 했을 때 가장 먼저 '자기만의 방'을 꿈꾸는 독자를 상상했으니까. 책방이 아니라도 나의 또 다른 '방'을 꿈꾸는 사람들과 만나고 싶다. 나만의 방을 찾거나 만들거나 만나면 분명 새로운 기회가 생겨난다. 그리고 조금 더 나은 세상으로 나아가게 된다. 내가 숱하게 마주한 질문과 혼란했던 과정과 지금의 고민을 통해 누군가 자기만의 방을 만드는 데 혹은 지키는 데 도움이 되면 좋겠다.

"나는 계속 책방을 운영할 거예요!"라고 말하진 못하겠다. 내가 앞으로 얼마나 더 책방을 운영하게 될까. 한 가지 확실한 건, 내가 귀여운 할머니는 되지 못하더라도 읽고 쓰는 할머니가 되리라는 것.

지금은, 읽고 쓰고 나누는 일과 삶을 여기 이곳, 책방에서 이어나갈 뿐이다. 아직 책방이 좋다.

작은 책방에서
구선아 씀.

Page 3. 나만의 전문성 갖기

Page 1.

책방 여행자에서

책방 운영자로

#불과 얼마 전의 책방 여행자 #꽃집을 꿈꿨던 내가 책방이라니

#책방 연회, 책과 도시를 이야기하다 #어디에 오픈하면 좋을까

#책은 어디서 사오면 될까 #책방은 책이 인테리어

#불과 얼마 전의 책방 여행자

난 문학소녀는 아니었다. 종종 글짓기 대회에 나가 상을 타고 독서회에 가입하고, 도서 대여점, 학교도서관, 동네서점을 자주 들락거렸지만, 책보단 책 밖의 일에 몰두하던 학창시절이었다.

그런데 돈을 벌게 된 후부터 서점에서 책 사는 일을 즐겼다. 중고서점, 대형서점 모두 단골 서점이 있었고, 여행을 가면 꼭 서점을 들렀다. 그리고 어느 때부턴가 여행지에서 서점을 들르는 게 아니라, 서점에 가기 위한 여행을 시작했다.

그 첫 번째 도시는 도쿄였다. 서점 여행자라면 모두 좋아하는 도시 도쿄. 2015년, 회사를 다닐 때였다. 우연히 광화문 알라딘 중고서점에서 《도쿄의 북카페》, 《도쿄의 서점》을 산 후 여행을 계획했다. 여름 휴가도 아니고 갑자기 짧은 휴가를 만들어냈다. 책방 여행이라니. 지금은 무척 익숙하지만, 당시에는 낯선 일이었다.

밤늦게 도착하여 다음 날 아침, 제일 먼저 진보초에 갔다. 진보초역부터 간다역까지 천천히 골목골목을 온종일 살필 계획이었다. 진보초는 이미 한국에도 많이 알려진 책방 밀집 지역으로 도쿄대학교와 메이지대학교가 인접해있다. 헌책방, 종합서점, 독립책방, 큐레이션서점, 문구점, 북카페 등 수많은 책 공간이 밀집한 책방 거리다. 출판사와 인쇄소도 자리하고 있고 북 페스티벌도 열린다. 메이지 시

대부터 형성된 거리로 헌책방에서 정말 보물이 발견되기도 하는 곳이다.

설레는 마음에 너무 서둘렀던지 문 연 서점은 찾아보기 힘들었다. 카페를 겸하는 서점도 카페만 문을 연 곳이 많았다. 일단 진보초 지도 한 장을 구해 맥도날드로 갔다. 대부분의 나이 많은 어른이 문고판 책을 읽거나 신문을 보고 있었다. 생소한 광경이었다. 그때나 지금이나 한국에선 패스트푸드점을 비롯해 카페에서도 책을 읽는 사람을 보긴 힘드니까. 일본도 책 읽는 인구가 점점 줄어들어 힘들다지만, 한국보단 나은 모습이었다.

난 구부정하게 앉아 커피를 홀짝이며 지도에 꼭 들러야 할 서점을 동그라미 쳤다.

"한국 사람인가요? 어디 가려고요?"

할머니 한 분이 안경을 벗으며 책 사이에 손가락을 끼고는 묻는다. 내가 대답을 머뭇거리니 먼저 말을 건네셨다.

"저 한국말 조금 해요. 한국에서 산 적이 있어요."

"아 네. 서점을 여러 곳 둘러보려고요."

"오, 그렇군요."

옆 테이블에 앉아있던 할머니는 허리를 지도 쪽으로 쑥 늘린 뒤 능숙한 손놀림으로 지도를 가리켰다.

"헌책방은 이곳이 책이 많고 이 서점이 규모가 커요. 여기가 예쁜 학용품이 많고요. 특이한 책은 여기가 많다고 해요."

"고맙습니다. 너무 많아서 어디를 꼭 가야 할지 고민이었어요."

"요즘 이곳을 찾는 한국 사람들이 있던데. 이곳이 관광지가 되는 게 신기하네요."

할머니의 도움으로 파란색 빨간색 동그라미가 여러 개 그려진 지도를 들고 온종일 진보초 골목을 누볐다. 히라가나와 쉬운 한자밖에 읽지 못하는 나지만 일본 서적을 보는 게 재미있었다. 아주 오래된 헌책방에는 한 권에 200만 원이 넘는 100년 전 책도 있었다. 낡은 유리창이 달린 서가에 갇힌 책을 관찰하고, 학창시절 좋아했던 일본 가수의 사진이 표지인 읽지도 못하는 잡지도 샀다. 좋아하는 일본 작가의 원문 소설책도 한 권 사고, 글 없는 작은 사진집도 골랐다. 중간중간 진보초 거리 지도를 그리고 인상적인 책방 모습을 간단한 드로잉과 메모로 남겨두었다.

다음 날부터 이틀은 도쿄의 '츠타야서점'을 여행했다. 이곳은 라이프스타일 콘텐츠 기업인 '컬처컨비니언스클럽(CCC)'이 운영하는 곳으로 일본에 1400여 개의 지점이 있다. '츠타야병'이라는 말이 생길 정도로 한국에서도 서점뿐 아니라 공간 비즈니스에 많은 영향을 끼친 공간 브랜드다.

츠타야서점은 지점마다 각기 다른 매력적인 공간 분위기와 콘텐츠를 무기로 두었다. 롯폰기, 긴자, 시부야, 나카메구로 모두 동네 분위기도 서점도 다르다. 그중 내가 가장 좋아하는 도쿄의 츠타야서점은 다이칸야마점이다. 이곳은 책 공간으로서만이 아니라 예술적 감각과 계절 감각을 모두 지닌 공간이다. 서점과 다른 브랜드 매장의 경계가 뚜렷하지 않고 외부와 내부 공간의 경계가 불분명한 곳. 그래서 독자나 사용자가 스스로 사이 공간을 만들어내는 곳. 셰어 라운지에 앉아 전면 유리창으로 보이는 바깥 공간은 또 얼마나 아름다

* 책과 어울리는 제품을 함께 진열한 츠타야서점

운지. 아름다운 분위기에 취해 샀던 그릇은 한국에 돌아오자마자 깨트려버렸지만 말이다. 아, 무척 비쌌는데.

그러나 내가 책방을 시작할 때도 지금도 츠타야병에 걸리지 않은 건, 츠타야서점을 여행하며 주변의 작은 책방도 함께 여행했기 때문이다. 경제의 규모와 자본을 태운 마케팅이 없어도 다정한 모습의 책방이 가능하다는 걸 그때 알았다.

도쿄 책방 여행을 시작으로 난 책방 여행자가 되었다. 그 후로 작고 큰 수많은 책방을 찾았다. 큰 규모에 놀랐던 상해의 '가든북스'와 '신화서점', 한국 아이돌 노래를 따라 부르던 소녀들이 있는 다낭의 작은 책방과 로컬 분위기를 한껏 느끼게 한 하노이 책방들, 서점이란 공간에 푹 빠지게 만든 타이베이의 24시간 문 여는 '청핀서점'으로 이어졌다.

#꽃집을 꿈꿨던 내가 책방이라니

자주 책방 여행을 꿈꾸었지만, 직장인은 떠날 시간이 부족했다. 그래서 책방 여행은 서울로 이어졌다.

"와, 서울에도 이런 책방이 있다니!"

서울에서 처음 만난 독립서점은 지금은 사라진 '가가린'이다. 가가린을 만난 건 정말 우연이었다. 미술전시를 보고 돌아서는 골목이었다. 가가린은 독립출판물과 헌책을 함께 판매했다. 독립출판이란 개념도 잘 몰랐던 때다. 서울에서 이런 Zine(독립출판물 중 소규모 잡지 형태)처럼 다양한 형태의 출판물을 보다니. 그리고 인근에 있던 미술과 예술 서적을 주로 다루는 '더북소사이어티'를 알게 되었다. 미술과 예술 서적 외에 전시 도록도 많았다. 미술관과 갤러리에서 1년간 일하며 미술 큐레이터를 꿈꾸기도 했던 나였기에 당연한 호기심이었다.

가가린의 책을 보며 '이런 건 나도 만들 수 있겠는데?'였다면 더북소사이어티의 책을 보며 '이런 책을 만들고 싶다'라고 생각했다. 그땐 서울에 독립서점이라고 부를 만한 책방이 많지 않았다. 여행 계획을 세우듯 한 곳씩 여행하기 시작했다. 대형서점에선 볼 수 없던 책들, 내 취향에 꼭 맞는 출판물, 다정한 책방 분위기를 만날 수 있었다.

서울의 책방 여행이 재밌어지며, 메모처럼 일기처럼 쓴 서점 탐

방 기록물이 조금씩 모였다. 그러다 '동네서점지도'를 만드는 1인기업과 이야기를 나누다 기록물이 책으로 엮일 기회가 생겼다. 2016년 해피빈 크라우드 펀딩을 통해 《여행자의 동네서점》이 만들어졌다. 펀딩도 독립출판도 잘 모르던 내가 책의 저자가 되다니. 만들어진 책은 사무실로 배송되었다. 자리에 앉아 부스스한 머리와 부끄러운 표정으로 책을 들고 어색하게 첫 책을 사진으로 기념했다.

매우 시끄럽던 시절이었다. 시끄럽던 광화문 한복판에 앉아 난 더 고요한 책방 여행을 꿈꾸었다. 시끄러운 마음으로 떠난 건 제주의 책방 여행이었다. 같은 해 제주 여행을 여러 차례 떠났다. 한 번, 두 번, 세 번. 숫자가 늘어나면서 여행의 기록이 저절로 쌓였다. 구도심의 헌책방부터 새로 생긴 유명세를 얻은 북카페까지. 이미 출간 경험이 있던 나에게 두 번째 책은 꿈이 아니라, 현실로 만들 수 있는 정도의 무게였다. 기록이 조금씩 두꺼워지자 제주 책방의 이야기를 잘 묶어보고 싶었다.

몇 번의 제주 여행을 시작하고 끝마칠 때까지 퇴사 계획도 책방 창업 계획도 없었다. 초고를 완성했지만 '어떻게 이 원고가 책이 될 수 있을까?' 했을 때 덜컥 책방 문을 열었다. 원고가 완성되면 파리 책방 여행이나 뉴욕 책방 여행을 꿈꾸었는데. 필요한 휴가 기간과 비행기표 값을 알아보고 책방 지도도 나름 만들었는데. 난 덜컥 책방 여행자가 아니라 책방 운영자가 되었다.

리베카 솔닛Rebecca Solnit이 《멀고도 가까운》에 썼다. 책이란 건 "예상치 못하게 사람들이 내 삶에 들어오고 나 역시 그들의 삶으로 들어가게 해주는 것"이라고. 내가 책과 책방에 끌렸던 건 아마 이와 같은 이유에서였다. 책 속 이야기와 모든 세상의 이야기는 연결되어 있으므로. 너와 내가 끊어져 있을 수 없고, 아주 멀리멀리 있더라도 예상보다 가까운 곳으로 올 수도 있다. 이게 삶의 본질이지 않을까 생각하며 난 더 책과 책방에 빠졌다.

그렇게 책방 운영자가 되어보자, 선택했다. 그리곤 잠시 책방 여행도 책방 여행기를 쓰는 일도 잊었다. 책방 개점 준비에 바빴다. 모든 게 새롭고 신기하고 불안했다. 직장인이었을 때보다 시간은 더 빨리 흐르고 더 분주하게 흘렀다.

책방 문을 열고 얼마 지나지 않아, 책방 여행자일 때 만났던 '땡스북스' 대표님이 찾아주셨다. 난 책방을 갑자기 열게 된 과정을 걱정 반 설렘 반으로 이야기했고, 제주 책방 여행 원고의 존재를 알렸다.

"제주도 좋고 책방인 것도 좋아요. 원고를 저에게 한번 보내봐주세요. 제가 도움을 드릴 수 있을 것 같아요."

"와! 정말요?"

"출판이 가능한 출판사를 알아볼게요."

세 곳의 출판사에 차례로 연락해보신다고 했다. 직접 출판사에 투고해주신 셈이다. 어떤 마음이었을까. 자신과 관계없을 일에 시간과 힘을 쓰는 마음은. 세 곳의 출판사는 내가 아니라 땡스북스 대표이자 유명 디자이너가 건네주는 원고여서 검토했을 것이다. 내가 투고했다면? 책이 되기 어렵지 않았을까. 아직도 노트북 폴더에 일기로 남아있지 않을까.

그렇게 원고를 건넨 지 20일이 채 지나지 않은 때 원고는 출판사를 만났고, 그해 여름 제주도 열일곱 곳의 책방을 여행하고 쓴 글은 《바다 냄새가 코끝에》가 되었다. 이때까지도 난 책방 운영자가 아니었고 글 쓰는 사람도 아니었다. 아직 책을 좋아하고 책방을 좋아하는 책방 여행자였을 뿐.

　이 두 권의 책은 지금 열면 부족한 게 참 많다. 하지만 부끄러워하지는 않기로 했다. 그 시간을 건너오며 난 글 쓰는 사람이 되었고 책방 운영자가 되었다. 아니 책방 운영자가 되었고 글 쓰는 사람이 되었나. 분명한 건 책방 운영자도 글 쓰는 사람도 책방 여행에서 시작되었다는 것이다.

#책방 연희, 책과 도시를 이야기를 하다

"사장님 이름이 연희에요?"

아직도 종종 이 질문을 듣는다. 내가 필명을 쓴다면 연희로 해야 하나, 혹은 아이를 낳으면 이름을 연희로 지어야 하나 고민할 정도였다. 물론 둘 다 실행하지 못했지만.

책방 운영자가 되기로 한 후 내가 제일 먼저 한 일은 책방 이름을 짓는 일이었다. 사업자등록증을 내고 간판을 걸고 개점 소식을 알리려면 책방 이름이 필요했다. 사업자등록증이 있어야 부동산 계약을 하고 책 주문을 넣고 카드 단말기나 포스기도 계약할 수 있었다.

나는 '이름 잘 짓기' 자부심이 있다. 프로젝트나 책, 스몰 브랜드의 이름을 잘 짓는다. 그런데 막상 내 책방의 이름을 지으려니 마음에 드는 것이 없었다. 나의 이름을 딴 이름, 불어나 라틴어에서 온 멋져 보이는 이름, 좋아하는 작가나 책을 오마주한 이름, 의미 없이 예쁜 이름. 수많은 이름을 고민했다.

몇 개를 공개해보면, 하나는 '어반앤북'이다. 도시와 책과 관련한 일을 하고 싶어 지었다. 지금은 이 이름으로 출판사업자와 인문 및 사회과학 연구개발업이 등록되어 있다. 두 번째는 '작가의 서재' 또는 '보통의 서재'였다. 내 서재 같은 책방을 꿈꾸었고, 책방 서가를 작가 이름으로 꾸리면 어떨까 하는 고민에서 떠올렸다. 세 번째는 '책, 방'

이었다. 이게 가장 유력했는데 온라인 검색이 어려울 것 같아 포기했다. 그리고 정말 하고 싶었던 이름 중 하나는 앨범 제목이기도 한 '꽃갈피'였다. 한때 꽃집 주인을 꿈꿨던 내가 책방 운영자가 되었으니. 그러나 너무 유명한 가수의 앨범 제목을 책방 이름으로 할 수는 없는 일. 아, 이름을 짓는다는 건 무척 어려운 일이었다.

지금은 스몰 브랜드 이름을 짓는 데 도움이 될만한 여러 사이트가 국내외에 있다. 사용자가 어떤 단어를 입력하면 그 단어가 포함된 비즈니스 이름을 만들어주는 'OBERLO'나 'Business Name Generator'라던가, 몇 가지 법칙으로 이름을 제안하고 생성해주는 'Wordoid' 같은 곳들. 물론 해외 인공지능 사이트라 영어 이름에 큰 도움이 되지만 한글 이름 짓는 데도 조금은 도움이 된다. 이외에는 쇼핑몰이 모인 사이트나 네이버 플레이스 등을 통해 실제 운영 중인 국내 오프라인 공간이나 관련 브랜드를 검색해볼 수 있다. 하지만 당시에는 도움받을 만한 사이트가 많지 않았다.

내가 책방을 연다는 소식을 듣고 찾아온 동료가 물었다.

"책방 이름이 뭐에요?"

"'책방 연희'요."

결정한 적 없던 책방 이름이 대뜸 내 입에서 튀어나왔다.

"연희동이라 연희예요?"

"연희동의 '연희'와 전통 연희의 '연희', play(놀이)를 합친 말이에요."

이름의 뜻까지 술술 대답했다.

지금은 누군가 "무슨 뜻인가요?" 물으면, 인공지능이 탑재된 로봇처럼 "책방 연희는 '책, 연희演戱(a play)하다'의 줄임말로 말과 글, 동작

으로 책과 도시를 이야기한다는 의미에요. 독립서점이자 도시인문학서점이자 큐레이션서점으로 책을 팔지만 책만 판매하는 '책방'이 아니라, 책이 담고 있는 '이야기'를 생산하고 소비하는 곳이길 바라는 마음으로 지었어요"라고 말한다. 역시 꿈보다 해몽이다.

무심코 이름을 지었지만, 큰일을 해치운 느낌이라 한결 머리가 가벼워졌다. 이제 진짜 할 일을 해야 했다. 가장 먼저 한 일은 출판사와 개인 창작자에게 이메일을 보내는 일.

"안녕하세요, 책방 연희입니다. 이번에 연희동에 작게 서점을 여는데요. 귀사의 책을 입고할 수 있는지 메일 드립니다."

회사에 다니고 있을 때라 점심시간과 퇴근 후에 개점 준비를 시작했다. 출판사와 창작자에게 30여 개의 메일을 보낸 후에야 사업자등록을 하고, 페이스북 계정을 만들었다.

책이 들어오고 서가가 꾸려지면서 책방 연희는 한국표준산업분류에 따라 서적 및 잡지류 소매업이 주종목인 개인사업자로 2017년 1월 7일 사업자등록을 하고 가오픈을 했다. 사실 공간 기능이 여럿인 곳이 아니므로 가오픈이나 정식 오픈이나 큰 차이가 나진 않는다. 다만 1월에는 토요일, 일요일만 문을 열 수 있었다. 제대로 책방 영업시간을 지키려면 3월이나 되어야 하는데, 3월에도 내가 정한 시간을 지킬 수 있을지 확신할 수 없는 상태였다. 이미 1월에는 책방에서 방송 촬영도 잡혔고, 2월에는 대관 모임도 예정되어 오픈을 미룰 수 없어 가오픈을 했다.

그렇게 책방 연희라는 이름이 얼렁뚱땅 태어난 지 수년이 지났다.

아직도 "사장님 이름이 연희에요?"나 "연희동이 아닌데 왜 연희라고 해요?"라는 질문을 듣는다. 자주 "연희책방이죠?"라고도 물어온다. 그럴 때마다 "책방 연희에요"라고 고쳐주며 얼마나 이름 짓기가 중요한지 생각한다.

아직도 난 '그때 책방 이름을 이렇게 지을 걸' '다르게 지을 걸' 하며 후회한다. 하지만 책방 이름을 바꾸는 일은 없을 것이다. 책방 연희는 언제 어디에 있어도 책방 연희가 되었다.

seung tae kim

#어디에 오픈하면 좋을까

지금은 많은 사람이 독립서점이나 독립출판물을 낯설어하지 않는다. 몇 년간 미디어에서 심심치 않게 다뤘고 아나운서, 방송인, 음악가 등 유명인이 책방 운영자를 겸업하는 사례도 많다. 하지만 내가 책방을 열 때는 용어나 분위기에 생소함을 느끼는 사람이 많았다. 책방 문을 열고 들어서자마자 뒷걸음질 치며 나가는 사람도 꽤 있었다.

"독립서점은 뭐 하는 데인가요?"

"독립출판물을 팔거나 책을 주제나 콘셉트에 따라 큐레이션 하여 판매하는 곳이에요."

"독립출판물은 뭐에요?"

"개인이 만드는 책이에요."

설명해도 아직도 모르겠다는 듯한 표정을 지었다.

"여기는 책을 빌려주는 곳인가요?"

"모두 판매하는 책입니다."

"책을 읽다가 가도 되나요?"

"구매하신 책은 읽고 가셔도 돼요."

때론 공간의 기능조차 이해하지 못하는 사람도 있었다. 그렇다고 지금 독립서점이나 독립출판이 대중화되었다는 말은 아니다. 여전히 "저 책방 운영해요"라고 하면 "책방이 뭐예요? 서점이랑 무슨 차이가 있어요?" 되묻거나 "문제집 파는 곳이요?"라고 눈이 동그래지는 사람이 많다.

지역서점, 동네서점, 독립서점 등 작은 책방을 부르는 용어도 다양하다. 책방 운영자조차 섞어 쓴다. 먼저 나는 동네서점이 가장 큰 범주이고 그 안에 지역서점, 독립서점, 기타 서점이 모두 포함된다고 본다. 또한 책방을 서점보다 더 큰 범위라 여긴다. 서점이 단순히 책을 사고파는 곳이라면 책방은 책이 있는 공간이다. 이를테면 책 한 권만 판매하거나 책 전시를 주로 하는 서점의 기능이 최소화되어 있거나 거의 없는 공간도 책방이라 할 수 있다.

독자나 소비자는 이 분류를 자세히 알 필요는 없다. 자신의 취향에 맞는 곳, 필요한 곳에서 원하는 책과 서비스를 얻으면 된다. 하지만 서점을 운영하거나 운영할 계획이라면 알아야 한다. 이 구분에 따라 행정적으로 운영적으로 많은 게 달라지고 시작된다. 이를테면 부동산의 위치, 책을 매입하는 방법, 큐레이션 원칙, 소셜네트워크서비스(SNS)의 운영과 세금, 지원사업의 참여 가능 여부 등이다.

보통 우리가 익히 아는 교보문고, 영풍문고와 같은 대형 체인서점, 지역 기반의 종합서점, 독립출판물이나 특정 주제의 책을 판매하는 독립서점, 다른 기능과 함께 운영하는 복합서점으로 나눈다. 종합서점은 참고서, 문제집을 비롯하여 단행본과 베스트셀러까지 다양한 책을 판매하는 서점으로 대체로 '지역서점'이라고도 부른다. '독립서점'은 지금의 작은 책방 문화를 이끈 용어이기도 하다. 간혹 "독립된 자본으로 개인이 운영하면 독립서점이지"라고 말하기도 하지만, 보통 독립출판물을 다루거나 콘셉트를 가지고 책을 큐레이션 하여 판매하는 큐레이션서점, 모임과 클래스 등을 주로 하는 커뮤니티서점을 포함하고 있다. 복합서점은 문구류를 함께 팔거나, 커피나 술을 함께 파는 서점으로 가장 대표적인 공간이 북카페와 출판사가 운영하는 책 공간이다. 최근 이 형태의 서점이 많아지는데 '문학동네'의 카페꼼마, '창비'의 카페창비, '북극곰'의 이루리북스, '1984'의 1984 등이다. 출판사에서 만든 책을 소개하고 팔고 책 행사를 하는 공간이 많아지고 있다.

생각해보자. 내가 종합서점을 연다면? 어떤 콘셉트를 가진 독립서점을 한다면? 카페 기능을 갖춘 복합서점을 한다면? 선택으로 인해 동네나 부동산의 위치가 달라진다. 종합서점이라면 초중고등학교 학생과 가족이 주요 고객이다. 이에 종합서점의 경우 학교 근처나 대단지 아파트 인근이면 좋다. 서울 신촌의 홍익문고나 속초의 동아서점이나 문우당서림, 진주의 진주문고, 대전의 계룡문고와 같이 지역을 대표하는 지역서점을 제외하고 우리 주변에서 어릴 적부터 보던 동네서점이 대부분 여기에 속한다.

독립서점은 보다 위치 선정이 유연하다. 유동인구나 접근인구보다 온라인을 통해 알거나 연결된 손님이 많기 때문이다. 나의 책방이 여기에 속한다. 책방은 책과 책 문화를 좋아하는 사람을 대상으로 한다. 독립출판물과 기성출판물을 큐레이션 하여 선보이고 블로그, 인스타그램, 홈페이지를 운영하며 온라인으로 지속 소통은 물론 콘텐츠까지 생산한다. 이에 홍대라는 지역 특성과 경의선숲길이라는 장소적 특성이 잘 어울린다. 홍대라는 큰 상권 내에 묶이지만, 상

업지구 내 위치하지 않아 유동인구가 많은 길은 아니고 지하 1층에 있어 잘 눈에 띄지 않는다. 하지만 경의중앙선, 공항철도, 2호선이 교차하는 홍대입구역 인근에 있어 수도권과 지역에서도 찾는 손님이 많다.

복합서점은 서점의 역할 외에 어떤 것을 하느냐에 따라 부동산 위치나 인테리어가 많이 달라진다. 카페를 겸업한다면 유동인구가 많은 곳과 고정 고객, 이를테면 주변 직장인이나 기관 등이 있는 위치가 유리하다. 문구류를 겸업한다면 젊은 소비층이 많거나 접근하기 쉬운 곳이어야 하고, 갤러리나 공연장을 함께 한다면 문화적으로 생산과 소비가 활발한 곳에 있으면 함께 힘을 낼 수 있다. 만약 내가 카페나 다른 기능을 함께 가진 책방으로 확장한다면? 당연히 지금보다 다수의 눈에 띄는 위치로 이전할 것이다. 물론 그만큼 월세도 비싸질 테다.

자영업을 시작할 때 상권분석을 하는 사람이 많다. 서울시 상권분석 서비스, 경기도 상권분석 서비스 등 지자체에서 제공하는 서비스도 있지만, 전문가나 전문 기업에 유료로 맡겨 살피는 사례도 적지 않다. 서점도 예외 업종은 아니다. 그중 상권분석이 꼭 필요한 형태는 종합서점과 복합서점 중 카페를 겸업하는 곳이라 생각한다.

어떤 유형의 서점을 할 건지 정했다면, 어떤 방향으로 서점을 운영할 건지 선택해야 한다. 지역밀착형으로 운영할 것인가? 네트워크형으로 운영할 것인가? "동네서점은 다 지역밀착형 아니야?"라고 말할지 모른다. 하지만 책방 위치나 성격, 운영자의 성향, 라이프스타일에 따라 확연히 다르다. 지역밀착형이란 지역을 기반으로 지역민과 함께 그들의 요구와 필요에 따라 운영하는 방향이다. 한 서점이 한 지역에 오래 자리하면 공동체 공간으로서의 성격이 강해진다. 네트워크형이란 온라인으로 연결하는 커뮤니티 공간으로, 자신들의 필요로 모이고 흩어지길 반복한다. 자신의 취향과 책방이라는 공간이 중심이다. 이에 따라 공간과 사람이 맺는 관계성에 차이가 생긴다.

나의 책방이 처음 연희동에 있었을 땐 지역밀착형에 가까웠다. 인스타그램이나 미디어에 소개되어 멀리서 찾는 독자도 있었지만, 연희동에 거주하거나 연희동에 정기적으로 오는 사람이 많았다. 이들은 책을 사면서 책 외에 나의 시간도 함께 사길 종종 원했다. 오늘의

날씨나 저녁 식사 메뉴로 뭘 먹을 건지 같이 일상적인 대화부터 "좋아하는 작가는 누구예요?" "요즘 읽는 책은 뭐예요?" "쓰고 싶은 글이 있나요?" 책방 운영자의 역할에 충실해주길 바라는 사람들. 그런데 난 이때만 해도 내가 이 역할을 아주 아주 아주 잘 수행해낼 거라고 생각했다. 사람과의 만남을 싫어하지 않고 처음 만나는 사람과도 곧잘 대화했고 책 이야기를 하는 걸 좋아했으니까. 그러나 결국 보기 좋게 완패했다.

나는 나의 이야기를 아무 때나 할 수 없는 사람이고, 촘촘한 관계를 맺는 데 시간이 오래 걸리는 사람이다. 그래서 지역에 깊숙이 스며들어 생활을 함께해나가는 책방이 아닌 보다 느슨한 관계를 맺는 책방으로 전환했다. 여기에 보다 넓은 공간과 교통이 편리한 이유를 더해 1년 만에 빠르게 책방을 이전한 이유다.

지금의 책방은 홍대입구역이 있고 외국인과 외부자가 거주민보다 많은 곳이다. 물론 걸어서 몇 분 이내 사는 주민들도 책방을 찾는다. 하지만 서울 어느 동네서건 전국 어디서건 책방을 찾아왔다. KTX와 공항철도가 연결되어 있다는 교통의 편리함도 있으나, 사람들에게 '홍대'는 심적 거리가 실제 물리적 거리보다 매우 가깝게 느끼는 듯했다. 나에게 적합한 네트워크형 서점이 가능했다. SNS로 느슨하게 연결 고리를 놓지 않으면서 이곳 책방에서 연대를 쌓아가는 책방으로.

물론 어디든 사람이 많아야 무엇이든 판매량이 는다. 나의 책방은 판매량보다 판매율이 높길 원했다. 100명 중 10명이 책을 사는 책방이 아니라 15명 중 10명이 책을 사는 책방. 흘러가는 사람보단 머무는 사람이 많길 바랐고 작은 책방에 와서 책방의 분위기를 느끼고 책을 사는 경험을 해보길 바란다. 책방을 찾는 게 단순한 방문이 아니라 책방 문화를 경험하고 새로운 독서 경험의 시작이 되기를 말이다. 물론 이게 옳다고 할 순 없다. 자신의 정답은 자신이 찾아야 한다. 모든 게 첫 선택에서부터 시작된 다음 선택으로 이어진 것일 뿐 아직 나의 정답도 알 수 없다. 어떤 선택이든 결과는 알 수 없으니까.

#책은 어디서 사오면 될까

많은 사람이 서점 창업을 준비할 때 부동산, 인테리어, 각종 디자인을 우선으로 살핀다. 간판 디자인, 하물며 작업 앞치마나 종이봉투까지 디자인한다. 최근에는 서점 콘셉트나 프로그램이 중요하다며 나의 책방처럼 작은 책방의 책방 워크숍이나 서점학교의 강의를 수강하며 준비한다. 놀랐던 건 많은 사람이 책을 먼저 생각하지 않고 책방 개점을 준비한다는 것이다. 어떤 책을, 어떻게 책을, 얼만큼 책을 먼저 고민하지 않다니. 그래서인지 의외로 책방 개점을 코앞에 두고 책을 들이는 방법을 물어오는 일이 더러 있다.

"책은 어떻게 사요?"

책은 두 가지 유통 방법이 있다. 많은 출판사의 책을 유통하는 총판과 계약하여 거래하거나, 출판사와 직접 계약하여 거래하는 방법이다. 총판은 일종의 도매상으로 전국 지역서점, 독립서점과 계약을 맺고 책을 보내준다. 출판사와 책마다 공급률이 다르지만 대략 65~75퍼센트 정도다. 조금씩 계약 조건이 다르므로 여러 곳에 알아보고 자신의 책방에 적합한 업체와 계약해 거래하면 된다.

대량 납품 등이 아닌 경우 대부분 먼저 예치금을 넣고 책을 사는 방식이다. 예치금의 액수는 정해져 있지 않다. 작은 책방이 주로 거래하는 총판은 북센과 출판협동조합, 각 지역의 협동조합이 있고, 교보문고와 예스24 정도다. 교보문고와 예스24는 총판 사업의 후발주자지만, 이미 창고와 책과 유통망을 가진 곳이라 이점이 많다. 이미 많은 출판사와 거래 중이고 유통망을 가졌다는 이점을 앞세워 고객이 주문한 한 권도 작은 책방 '대신' 배송해주는 서비스도 한다.

"어느 서점은 책 한 권도 무료 배송해준대요."

독자에게도 서점에게도 이득이 되는 일이다. 독자는 빨리 책을 받아서 좋고 배송비 부담이 없어서 좋다. 서점은 어쩌면 팔지 못했을 책을 팔아서 좋다. 나는 고민 끝에 이 서비스를 아직 운영하지 않는다. 욕심을 내자면 온라인에서 책을 구매하는 독자들도 나의 책방에서 책을 사는 경험을 주고 싶다. 그래서 난 아주 최소한의 경험으로 재사용 상자나 봉투를 사용하지만, 책방 스티커가 붙고 책갈피가 들어간 손수 포장한 책을 보내는 걸 중요하게 여긴다. 여기에는 책뿐 아니라 보이지 않는 나의 진심을 함께 담는다. 이 작은 책방에서 불편하게 구매해주는 독자라니. 정말 감사하다.

출판사 직거래는 몇 년 전만 하더라도 소수의 출판사만 가능했다. 내가 책방을 준비하며 여러 출판사에 메일을 보냈을 땐 거절 메일을 많이 받았다. 중소규모 출판사는 동네서점 거래 담당자가 대부분 없었기에 서점의 주문을 받고 책을 보내고 정산을 한다. 담당자에게 이 일은 추가 업무다. 특히나 책 판매나 수익이 많은 것도 아니다. 하지만 문학동네나 민음사와 같은 대형 출판사에서 동네서점 에디션 출간을 비롯하여 협업이 많아지면서 책 시장 분위기가 바뀌었다.

첫째로 작은 책방의 수가 늘었다. 한 책방에서 팔리는 숫자는 적더라도 모였을 때의 수는 적지 않다. 동네서점 예약판매를 받거나

동네서점 에디션의 전체 판매 부수를 보면 놀랍다. 둘째로 대형서점 판매보다 월등한 판매를 보이는 책방 몇몇이 등장했다. 월별로 한 권의 책을 정해 소개하고, 한 권의 책을 구독서비스로 보내고, 특정 출판사나 특정 주제의 책을 전시하고 적극적인 활동을 통해 책 판매가 이루어진다. 셋째로 책방의 SNS를 통해 소개된다. 그 책방에서 책 판매가 일어나지 않더라도 온라인 홍보가 된다. 많은 책방이 SNS 활동을 활발히 하기 때문이다. 이제 출판사들은 신간이 나오면 작은 서점을 대상으로 홍보전을 벌인다. 증정품을 주고 북토크를 제안하고 책을 무료로 보내준다.

　직거래하고 싶은 출판사가 있다면 먼저 출판사의 홈페이지를 살펴보자. 서점과 직거래를 활발하게 하는 출판사라면 분명 담당자 연락처나 서점 전용 회원가입 또는 주문 메뉴가 있다. 아니면 출판사에 이메일을 통해 문의하면 거래 가능 여부와 방법을 안내해준다. 문학동네, 민음사는 서점 전용 주문 사이트가 만들어져 있고, 바다출판사, 수오서재, 다른, 유유 등 여러 중소형 출판사는 이메일이나 주문서를 통해 서점 주문을 받는다. 직거래 공급률은 출판사에 따라, 책에 따라, 책 부수에 따라 다르다. 평균 공급률은 70퍼센트이고, 이벤트 기간이나 책 부수에 따라 60퍼센트까지 공급률이 조정되기도 한다. 출판사와 직거래를 하면 대부분 현금으로 매입해오는 방식이며 반품이 불가능하다.

　지금도 난 종종 새로 발견한 출판사에 직접거래 요청 메일을 보낸다. 사실 출판사 직거래를 한다고 수익률이 크게 느는 건 아니다. 총판을 통해 입고할 때보다 2~5퍼센트 정도 낮은 공급률로 받는 책도 있지만, 그만큼 높은 공급률로 받기도 한다. 가끔은 최악의 거래 조건을 가진 출판사를 만나기도 한다. 무척 입점하고 싶은 예술서를 많이 출간하는 출판사에 연락했을 때였다.

'안녕하세요, 책방 연희입니다. 예술과 미술, 미학에 관심이 많아 이런 책을 몇 부씩 입점하고 싶은데요. 거래 조건이 궁금합니다.'

이에 대한 회신을 보고 고개가 갸우뚱 기울었다. '공급률 90퍼센트로 현금매입, 반품 불가' 조건이라니. 이러면 교보문고나 알라딘에서 개인 소비자로 사는 게 나을 조건이다. 모든 서점에게 동일한 조건이었는지, 신생 서점이어서였는지, 지금도 같은 조건인지는 모르겠다. 독자와 책을 잇는 건 서점인데, 작은 책방은 자신들의 책을 독자에게 굳이 연결하지 않아도 된다는 의미인 걸까? 당연히 난 그 책들을 입점할 수 없었다.

이처럼 총판을 사용하면 다양한 출판사의 책을 소량씩 입점할 수 있고, 책을 주문하고 정산하는 시간을 최소화하며, 일부 반품이 가능하다. 출판사 직거래는 당장의 이익보단 중장기적인 관계 모색이 크다. 행사를 함께 열거나 책방에서 출판사로 무언가 제안할 수 있는 통로가 만들어진다. 그래서 많은 작은 책방이 이 두 가지 방법을 혼용하여 운영한다. 총판마다 거래하지 않는 출판사가 있고 같은 출판사라도 공급률이 조금 다른 책도 있어서, 총판을 두 개에서 세 개까지 사용하는 곳도 많다.

나의 책방은 2021년 1월까지 총판을 사용하지 않고 모두 직거래를 고집했다. 한 권 한 권 책을 고르고 소개하고 이왕이면 한 출판사의 책이 몽땅 소개되면 좋겠다는 마음도 있었다. 하지만 내가 원하는 책도 늘고 독자가 원하는 책도 늘었다. 책도 다양해지고 작은 출판사도 많아졌다. 직거래만 고집하기에는 시간과 힘이 부족했고 큐레이션도 어려워졌다. 그래서 지금은 동네서점 에디션을 자주 출간하는 출판사와 직거래 공급률이 낮은 출판사, 이벤트를 많이 하는 출판사는 직거래를 유지하되, 소량만 판매되거나 꾸준히 정기적으로 책 출간이 힘든 소규모 출판사의 책은 총판을 통해 입점한다.

독립출판은 제작자 또는 출판사와 직거래가 기본이다. 책방 운영자가 한 곳 한 곳 이메일이나 SNS 주소를 찾아 연락하여 소통해야 한다.

"독립출판 작가들의 연락처를 모아둔 곳은 없나요?"

간혹 묻는 사람이 있다. 독립출판은 한 권만 내고 활동을 안 하거나 사라지는 일도 많고 트렌드가 변해 시장이 빠르게 변한다. 꾸준히 활동하는 작가나 팀은 독립출판물 중심 책방으로 커뮤니티가 형성되어 있기도 하고, 최근 독립출판 유통 플랫폼이 생기기도 했다. 독립출판물 온라인 구매는 물론 서점과 제휴를 맺어 다종의 출판물을 소량만 입점할 수도 있다. 또한 최근에는 독립출판도 정식 사업자를 내고 총판을 사용하는 사례가 많아지는 추세다.

가장 좋은 방법은 직접 보고 입점하는 방법이다. 사실 독립출판물의 경우 책의 만듦새나 내용이 판매자나 소비자의 눈으로 봤을 때 부족하거나 부실한 출판물이 종종 있다. 그런 책은 책방에서 수년 동안 독자를 만나지 못한다. 이는 온라인에서 가늠할 수 없기에 매년 5월부터 11월까지 작고 크게 열리는 독립출판마켓을 찾으면 도움이 된다. 실제로 독립출판마켓에 가면 서점 운영자가 많이 방문하

는 걸 볼 수 있다. 명함을 주고받고 현장에서 직접 책을 입고하기도 한다.

난 아직도 책을 사는 일이 가장 즐겁다. 책을 많이 사도 죄책감이 들지 않는 직업이라니, 물론 산 만큼 팔아야 하는 책임의 무게도 있지만 말이다.

#책방은 책이 인테리어

연희동에서 책방을 시작할 때는 달리 인테리어 공사랄 게 없었다. 이미 붙박이 서가가 있었고 벽면이나 바닥도 따로 손대지 않아도 될 정도로 깨끗했다. 작은 책장과 책상, 소품 그리고 책이면 되었다. 그러나 서교동으로 책방 이전을 결정하곤 마음이 바빴다.

2017년 12월 이전할 공간을 계약하고 이사 준비에 서둘렀다. 지하층이지만 오래 회화 작업실이었고 옆 공간에 10년 넘게 운영한 판화 작업실이 남아있어 결정할 수 있었다. 적어도 다른 지하층만큼의 습기는 없다는 증거였다.

그러나 처음 공간을 봤을 땐, 바닥과 벽면이 온통 물감투성이였고 10년은 넘게 썼을 형광등, 열쇠로 열고 잠그던 손잡이도 손봐야 했다.

"여기서 책방을 운영해봐야 몇 년이나 있겠어. 인테리어에 돈을 많이 들이긴 아깝지."

처음 책방을 개점하던 때부터 나의 책방 콘셉트던 '서재' 분위기를 살려 화려한 장식보다는 소소하고 친근하게 꾸미기로 했다. 목공 공사를 하지 않기로 하면서 자연스럽게 셀프인테리어를 하게 되었다. 수중에 돈이 부족한 것은 아니었다. 셀프인테리어를 결정한 건, 이 공간에 오래 있지 못할 것 같다는 두려움과 더 넓고 쾌적한 곳으로 이전할 거라는 기대가 있었기 때문이다.

　'한쪽 벽면을 포인트 색으로 칠할까? 그럼 원상복구 때 다시 흰색
으로 칠해놓아야 하는데.'

　'바닥이 에폭시는 싫은데. 나무 바닥은 비싸려나? 나무 느낌 나는
재료가 있으려나….'

　'조명은 뭘로 할까? 요즘 필라멘트 디자인이 유행이라던데.'

　'모임 공간도 필요하고 창고도 필요한데.'

　작은 스무 평 공간을 이리 나누고 저리 나누었다. 고민거리를 잔

뜩 들고 을지로로 종로로 조명가게와 재료상을 돌아다녔다. 건축과 디자인을 전공하면서 눈만 높을 대로 높아진 나지만 현실 앞에선 빠르게 타협했다. 가장 큰 현실적 난관은 시간이었다. 12월 말 일주일 넘게 책방은 휴무했지만, 나는 학교를 다니며 연구 논문에 외부 글쓰기도 하던 때였다. 거기다가 1월 5일 이전 오픈을 공표한 상태였다. 어떤 약속이든 지키지 않는 걸 못 견디는 나에게 이 역시 지켜야할 과제였다.

책방을 옮기며 가장 고심해 고른 건 책장이다. 연희동에서부터 앞뒤가 뚫린 책장을 고집했다. 중간에 세워두면 양면을 사용할 수 있고, 벽면 앞에 두면 책장 뒤쪽에 책 재고를 둘 수 있는 책장. 책이 꽂혀있을 때도 없을 때도 뒷면이 비어있는 책장이 좋았다. 가구도 사람도 유연한 기능을 가진 게 좋다. 마음에 드는 책장을 고르느라 얼마나 많은 가구 사이트를 보았는지 모른다. 그리고 결국 고르고 고른 책장은 지금은 구하기 힘든 I사 책장이다.

그해 크리스마스이브와 크리스마스는 곧 책방이 될 텅 빈 공간에서 짜장면을 먹으며 보냈다. 하루는 벽면 페인트칠을 하고 또 하루는 천장 페인트칠을 하고 조명을 달았다. 페인트칠이 완료되어야 바닥 공사를 할 수 있었기에 하루라도 서둘러야 했다. 밤새 선풍기를 틀어놓고 벽면과 천정이 마르자 데코타일 바닥 공사가 시작되었다. 직접 할 수 없어 시공 업체를 찾아 맡겼다. 네다섯 시간은 걸릴 줄 알았는데 세 시간 만에 끝났다.

"끝났습니다. 와서 한번 보세요."

"벌써요?"

"혼자 했으면 더 빨리 끝났을 텐데 우리 조수 일도 가르치느라 조금 늦었네요."

무슨 일이든 한 번에 능숙해지는 일은 없었다. 내공은 그냥 쌓이는 게 아니다. 책방 운영도 마찬가지다. 특히나 난 배움 없이 시작했으니 다른 사람보다 더 많은 시간을 쏟아야 했을지 모른다.

책 이사는 보통 일이 아니었다. 두 번째 이사를 쉽게 결정하지 못하는 가장 큰 이유가 '책 이사' 때문이다. 책이 상할까 봐 책 포장과 이동을 직접 해야 하고, 종이상자에 책을 가득 넣어도 삼사십 권밖에 들어가지 않는다. 상자를 가득 채우면 무거워 옮기기 힘들어 평균 삼십 권 정도 겨우 담는다. 더구나 연희동 책방은 2층, 서교동 책방은 지하 1층. 모두 엘리베이터가 없는 계단을 오르락내리락해야 했다.

상자를 모두 옮긴 후 본격 책 꽂기 작업에 돌입했다. 공공도서관이 도서를 분류하는 듀이십진분류법(DDC)도 아니고 한국십진분류법(KDC)도 아니었다. 대형서점처럼 한국십진분류법을 더 세분화하여 책을 분류하고 편집장의 초이스, 이달의 책, 신간도서 등 이벤트처럼 책을 소개할까 했지만, 나의 책방은 책의 종류와 양이 많지 않아 어울리는 도서 정리 방식도 아니었다. 그렇다고 몇몇 작은 책방처럼 심미적으로 크기별, 색깔별, 분야별도 아니었다. 주제나 소재, 작가 등 '맥락적 연결'이 되도록 서가를 구성하기로 했다. 명확한 기준이 없는 셈이다. 따라서 누가 대신할 수 없는 일이 되어 버렸다. 허리가 아프고 손가락 끝이 아렸지만 상자를 뜯고 책을 꽂고 다시 옮기는 일을 온종일 반복했다.

그런데 웬걸, 책을 모두 꽂아도 책방은 휑했다. 연희동 때보다 공간이 두 배가량 넓어졌으니 당연한 일이었을까. "책이 인테리어야. 특별한 인테리어는 필요 없어"라고 말해왔던 내 책방이 초라해 보였다. 역시 인테리어에 돈을 써야 했나 후회도 들었다. 하지만 다음 날. 새로 주문하거나 이사로 재입고하지 못했던 책이 속속 도착하면서 책장은 채워졌고 책방의 모습이 되어갔다. 휴, 한시름 놓았으나 아직 부족한 게 많았다. 꾸준히 천천히 책으로 채워나가는 수밖에.

책방에서 가장 중요한 건 역시 책. 책은 책방의 최고 인테리어이자 콘텐츠였다. 일부러 모두 색깔이 다른 시집 표지를 전면 책장에 두는 책방도, 그림책 표지를 전면에 내세우는 책방도, 책을 색깔별로 꽂아 서가를 정리하는 책방도 있으니까.

나의 책방은 계절에 따라 시절에 따라 모습이 변한다. 책이 변하고 책의 모습이 변하므로 책방의 모습도 변하는 것이다. 인스타그램 성지가 될만한 인테리어 요소는 책방을 한 번 두 번 찾는 요인은 된다. 여행지나 관광지에 위치한 책방이라면 인테리어가 책보다 중요할지 모른다. 하지만 두 번을 넘어 세 번 네 번 다섯 번 책방을 찾게 하려면 결국 책이어야 하지 않을까.

책방을 열기 전과 열고 나서

**책방을 열려면
사업계획서가
꼭 필요한가요?**

거창하고 예쁘게 디자인한 사업계획서는 필요 없어요. 다만 내가 무엇을 어떻게 왜 해야 하는지 명확한 계획서나 다이어그램이라도 그려두는 걸 추천합니다. 계획서에 꼭 들어가면 좋을 내용은 이름, 사업자 종목, 필요한 행정 서류 및 절차, 일정, 예산, 사업 목표, 방향, 꼭 해야 할 일과 일의 순서 등입니다. 이건 책방뿐 아니라 어떤 업종이든 필요한 일이에요. 무엇을 해야 하는지 정리가 되어야 어떻게 해야 할지 고민하고 알아볼 수 있으니까요. 간판이나 봉투, 명함 디자인도 중요하지만, 디자인 이전에 디자인의 바탕이 될 방향성이랄까요, 정체성이랄까요. 이런 게 먼저 계획되어야 한다고 생각해요.

**사업자등록 시
주의해야 할 점이
있다면요?**

면세사업자, 간이과세자, 과세사업자의 구분을 알고, 내가 운영하려는 책방 형태에 따라 업태와 업종을 신고해야 합니다. 책방의 업태는 도매 및 소매업입니다. 종목은 한국표준산업분류에 따라 서적 및 잡지류 소매업이 되고요. 기본 형태로만 운영한다면 책은 부가가치세 납세의무가 없는 면세대상 재화로 면세사업자로 등록하면 됩니다. 여기에 문구용품 및 회화용품 소매업이나 전자상거래 소매업 등을 겸업한다면 과세사업자여야 하고, 음료나 디저트, 술을 함께 판다면 휴게음식점, 일반음식점 등으로 신고해야 합니다. 등록증이나 별도 신고증이 필요한 업종도 있으니 업태와 업종을 먼저 살피고 사업자등록을 하세요. 온라인으로 등록이 간편해졌다지만, 세부 사항을 모르고 하면 신고가 되지 않거나 추후 수정해야 하는 번거로움이 생겨요. 그리고 연간매출액이 8000만 원 미만인 경우, 간이과세자로 시작할 수 있습니다(2024년 7월부터 1억 400만 원으로 올린다는 소식도 있으니 확인해보기 바랍니다). 간이사업자의 경우 업종에 따라 매출 매입세액의 5~30퍼센트만 계산하고 부가가치세 신고, 납부도 1년에 한 번이라 무조건 좋다고 생각하는 사람이 있는데요. 간이사업자는 세금계산서 발급이 불가하여 지자체나 기업과의 계약이 어려운 사례도 발생하고 매출세액을 초과한 매입세액을 환급받지 못합니다. 그러니 사업자등록은 책방의 규모와 매출, 비즈니스 영역에 따라 달라져야 합니다.

최소 얼마가 있어야 책방을 열 수 있을까요? 초기에 어떤 것에 큰돈이 들어가죠?

정해진 창업 비용 기준은 없습니다. 위치, 규모, 형태, 인테리어 등에 따라 무척 차이가 많이 나요. 창업을 준비할 때 가장 많이 드는 비용은 보증금입니다. 돌려받는 돈이지만 가장 큰 목돈이 필요한 일이죠. 서울의 경우 적게는 1000만 원, 많게는 5000만 원 이상의 보증금이 필요하겠죠. 여기에 상권으로서 좋은 위치라면 권리금도 들고요. 이전에 상업활동을 하던 공간이 아니라면 대부분 권리금은 없습니다. 예를 들면 창고나 작업실, 거주용이나 사무실이던 공간들이요. 다음으로 큰 비용이 드는 건 인테리어입니다. 셀프인테리어를 하는 것과 전문 업체에 맡기는 비용은 몇 배 차이가 나죠. 모두 장단점이 있는 일이므로 운영자가 선택해야 하는 사항입니다. 책방 연희는 셀프인테리어를 했습니다. 천정과 벽면은 페인트를 직접 구매해서 했고, 바닥은 비교적 저렴한 자재를 직접 골라 시공을 맡겼습니다. 조명, 책장과 책 선반, 소품을 구매해 모두 직접 조립하거나 설치했고요. 가구와 소품을 구매할 때 가장 비용이 많이 든 건 책장이었어요.

책에 대해 박식하지 않아도 책방 운영이 가능할까요?

가능합니다. 다만 어려움이 있죠. 지금의 독립서점은 지역서점과는 다른 모양새입니다. 여러 분야의 다양한 책을 쌓아두고 손님이 골라가는 형태가 아닙니다. 책방에서 골라둔 책 중에 독자가 발견해가는 방식이죠. 그래서 책을 좋아하지 않아도 책방을 운영할 수는 있지만, 책을 모르면 잘 운영할 수는 없다고 생각합니다. 작은 책방에 오는 독자는 책방 운영자의 큐레이션 혹은 책 추천을 기대하니까요. 또한 책을 잘 모르면 빠르게 변화하는 출판 트렌드를 따라가기 어렵고 자신의 책방 정체성을 지켜내기 어렵다고 생각합니다. 운영을 시작할 땐 책에 관해 잘 모르더라도 공부해가면서 책방과 함께 성장해야 하지 않을까요?

직원을 뽑는다면 아르바이트생과 정직원 중 어느 쪽이 나을까요?

먼저 혼자 운영이 힘든 이유를 명확히 생각해보세요. 육아나 다른 일과의 병행 등 때문이라면 처음부터 직원 채용을 해서 같이 시작하면 좋죠. 그런데 만약 내가 더 자유롭게 여행 다니고 놀고 싶어서라면? 기회비용을 얻는 게 아니라 이중으로 기회비용을 버리는 일일 수도 있다고 생각해요.

작은 책방은 책방 운영자의 색깔이 책방의 정체성이 되는데, 그걸 만드는 과정과 시간을 놓치는 거니까요.

이유가 명확해졌다면 책방의 매출과 수익, 직원의 업무를 생각해야 합니다. 정직원과 아르바이트생은 엄연히 역할도 업무도 비용도 달라요. 가장 다른 건 월급, 시급 차이겠죠. 월급은 책방 매출이 어떻든, 근무일이 어떻든 지급되어야 하고 4대보험까지 고려해야 합니다. 2024년 기준, 아르바이트 최저시급이 9860원이죠. 그런데 이게 지출 비용만 봐서는 안 되는 일 같아요. 단순한 책 판매, 정리, 고객 응대라면 아르바이트생이라면 되겠지만, 깊이 있는 큐레이션이나 행사 기획, 정산, 더 나아가 새로운 비즈니스를 계획한다면 아르바이트생과 할 수 있을까요? 정직원도 점장이나 매니저와 일반 직원이 다른 것처럼요.

오픈 시 최소 몇 권, 몇 종을 갖춰야 할까요?

정해진 최소 종수나 권수는 없습니다. 한 권의 책만 소개하는 서점도 있으니까요. 책방과 서가의 규모에 따라 차이가 날 뿐이죠.

책 구입비, 임대료, 전기세 외에 고정 지출은 무엇이 있나요?

관리비가 있죠. 단독으로 건물을 사용하는 게 아니라면 대부분 관리비가 별도로 책정되어 있습니다. 관리비는 수도세, 전기세와는 다른 비용으로 건물주나 건물 관리 회사가 자체적으로 정하는 금액인데요. 입구, 계단, 주차장, 화장실 등 공공구역 청소나 기타 사용료가 포함되죠. 관리비는 건물 형태나 규모에 따라 제각각입니다. 뒷부분에서 다시 언급하겠지만, 법적인 규정이 없다 보니 천차만별이고 매년 증액도 가능해요. 공간을 알아볼 때 관리비도 꼭 확인하세요.

온라인 주문은 어떻게 받고, 배송은 일반 택배를 이용하나요?

최근 독립서점들도 자체적으로 온라인 구매 페이지를 만드는 곳이 많은데, 사실 제작하는 비용은 물론이고 관리도 어려워서 쉽지 않은 결정입니다. 그래서 작은 책방이나 1인 가게들이 가장 많이 사용하고 있는 플랫폼이 네이버 스마트스토어인데요. 스마트스토어는 개인으로 열 수도 있고, 통신판매업이 등록된 사업자로도 등록이 가능합니다. 몇몇 책방은 SNS 메시지나 구글 폼으로도 주문받는데요. 실시간 알림이 어렵고 결제 확인이 어려운 단점이 있습니다. 책만이 아니라 책과 굿즈를 묶은 세트 상품이나 책방에서 자체 제작한 상품을 오픈마켓으로 판매하는 사례도 있습니다. 모두 각 플랫폼 운영 정책에 따라 수수료를 내고 사용하는 거고요. 플랫폼 수수료 외 카드 수수료나 광고비 등이 발생할 수 있습니다.

택배는 대부분 한 택배사와 계약하여 운영하는 책방이 많습니다. 한 달 발송 예상 건수에 따라 택배 한 건의 값이 책정됩니다. 온라인 배송 시 어플로 송장을 입력하거나 직접 송장을 뽑아 붙이면 택배를 책방으로 수거하러 오는 시스템입니다. 이는 택배 물량이 많은 지역에 있거나 운영하는 책방의 택배 물량이 많아야 좋은 조건으로 계약됩니다. 건

당 100원에서 200원 정도 지역이나 물량에 따라 차이가 나는데요. 한 건으로 보면 적은 돈이지만 매월로 보면 몇만 원씩 차이가 나게 되더라고요. 배송 물량이 적어 때때로만 필요하다면 인근 우체국이나 편의점을 이용해도 됩니다.

운영자끼리 네트워크가 있나요? 오픈 전에 정보를 어디서 얻으면 좋을까요?

먼저 국내 전체로 보면 '한국서점조합연합회'가 있습니다. 독립서점보다는 지역서점이 많이 가입된 곳이에요. 2023년까진 상반기, 하반기 서점학교를 운영했어요. 서점 지원사업도 있고 큐레이션에 도움이 되는 서점인이 뽑은 도서 등을 꾸준히 안내하고 있어 예비운영자나 이미 시작한 운영자에게도 도움이 될 거예요. 그리고 지역마다 협동조합이 있는 곳도 있고 공식적인 네트워킹이나 비공식적인 단톡방이 있는 곳도 있습니다. 협동조합은 지역 내 납품이나 큰 축제를 함께 하고 네트워킹은 협동조합보다는 조금 더 느슨한 형태의 모임입니다. 예를 들면 책방 연희가 위치한 마포구의 경우 협동조합이 있지만 '마포동네책방네트워크'가 별도로 있어요. 최근에 강남구에도 네트워킹이 만들어져 여러 논의를 한다고 들었습니다. 네트워킹이 없는 지역이라면 책방을 열고 나서 직접 적극적으로 운영해보는 것도 좋은 방법이라는 생각이 들어요.

사실 공식적인 혹은 공개적인 모임보다는 사적인 모임이 많습니다. 마포구는 책방 수가 많아 그 안에서도 몇 개의 책방끼리 모여 잡지를 만들거나 책 행사를 하는 사례도 많아요. 따라서 다른 책방에서 운영하는 행사나 모임에 참여해

보는 걸 추천합니다. 창업 워크숍이나 창업 강의가 아니라도 실제로 책방에서 운영하는 다양한 프로그램을 경험하신다면 도움이 될 거예요.

지원사업에 응모할 때 프로그램의 차별성 외에 고려할 것은 무엇인가요?

책방에 어떤 도움이 되느냐를 생각해보세요. 분명 지원사업은 새로운 손님과 독자를 책방으로 이끄는 장치가 되는데요. 수고로운 과정에서 지치지 않으려면 수익이든, 네트워킹이든, 홍보든, 재미든! 명확한 이유가 있어야 합니다.

Page 2.

작은 책방으로

살아남으려면

#책을 고르는 태도와 마음 #당신의 베스트셀러는 무엇인가요 #온라인으로 경험을 건네는 일 #잘만 활용하면 도움이 되는 인스타그램 #지원사업은 필수가 아닌 선택 #도서를 납품하는 일 #같이 걸어야 멀리 간다 #갑을관계는 거절합니다 #책방의 오리지널리티 #독서모임을 꼭 하는 이유 #동네서점 에디션은 책방에 도움이 될까 #책방 에디션을 직접 만들다 #책값이 비싸서 책을 안 읽습니다? #귀한 책방에 누추하신 분이 #이보다 완벽한 손님은 없다 #건물주가 아니라서 죄송합니다 #월세는 계속 오른다

#책을 고르는 태도와 마음

2022년 신간 발행 종수는 6만 1181종이다(《2023 한국출판연감》자료 기준). 365일로 계산하면 하루에 168권, 주말을 빼면 평일 하루 248권이 출간되었다. 와우, 하루 248권이라니. 이 숫자에는 ISBN이 없는 독립출판물은 포함되지 않았다. 이를 더하면 실제 유통되는 책은 더 많아지는 셈이다.

나의 책방에 일주일에 들어오는 신간은 다섯 종 남짓이다. 종마다 적으면 한 권, 많으면 열 권 입고하고, 한 종에 적으면 단 한 번, 많으면 수십 번 입고한다. 책방 규모나 판매량을 보았을 때 신간을 모두 살필 수는 없다. 그중 나의 관심사와 취향과 책방의 독자를 생각하며 고른다. 여기에 때론 시의성과 나의 관심사를 더해 신간이 아닌 도서도 입고한다.

이처럼 신간이 많아질수록 선별된 양질의 정보에 대한 수요가 커진다. 이런 수요를 충족시키는 일이 큐레이션이다. 큐레이션curation은 쿠라레curare라는 라틴어에서 유래된 단어로 '보살피다'라는 뜻을 가졌다. 어쩌면 큐레이션은 콘텐츠를 목적에 따라 분류하고 배포하는 것을 넘어 보살피는 일일지 모른다. 출판계뿐만이 아니다. 영화, 드라마, 예능과 같은 영상 콘텐츠와 웹툰, 웹소설, 오디오 등 디지털 콘텐츠도 정량화하지 못할 정도로 생산되고 소비되고 있다.

많은 독자가 "어떤 책을 읽어야 하나요?"라고 묻는다. 책방에 와서 "책 좀 추천해주세요"라고 하는 독자도 많다. 작은 책방이 대형서점이나 온라인 체인서점과 가장 큰 차별점이 큐레이션이다. 대형 출판사의 책, 광고비를 많이 쓰는 책, 유명인의 책, 베스트셀러가 아닌 책방 운영자에 의해 발견되어지는 책, 발견하는 책 말이다.

작은 책방의 북 큐레이션은 책을 골라 책방에 들이는 데서 끝나지 않는다. 큐레이션은 편집과 같은 일이다. 책 편집은 기획부터 시작해 원고를 쓰고 오탈자와 문장을 살피고 디자인하고 책 매무새를 만드는 일련의 과정이다. 책방의 큐레이션은 책방이라는 한 공간을 편집하는 일이다. 책방 안에 책 장르와 주제, 키워드의 분류와 배포, 책이 놓이거나 꽂힌 모습과 방식 즉, 책이 보이는 일까지 포함된다. 책방의 큐레이션은 어쩌면 책방의 전부다. 책방의 콘텐츠이자 정체성이다.

내 책방의 큐레이션 일 중 제일 먼저 중요하게 생각하는 건 독자에게 책을 보여주는 방식이다. 처음 책방 문을 열었을 땐 책 종수가 많지 않았다. 책 대부분을 앞표지가 잘 보이게 전시했다. 지금은 책이 자가증식하듯 늘어나 선택된 책만이 얼굴을 드러내게 되었다. 어느 작가는 책방에 들렀다가 운영자 몰래 자신의 책을 표지가 보이게 놓기도, 또 어느 작가는 잘 보이게 놓아 달라고 읍소하기도 한다. 하지만 모든 책을 눈에 잘 띄는 자리에 둘 수는 없는 일.

나는 여기서 두 가지를 생각한다. 독자가 책을 맥락적 발견을 하도록 하는 일과 운영자의 추천 메시지를 통해 선택되도록 하는 일이다. 먼저 맥락적 발견은 이렇다. '여행사진집 – 여행드로잉 – 여행에세이 – 예술기행 – 도시역사 – 도시문화 – 현대도시와 근대도시 – 도

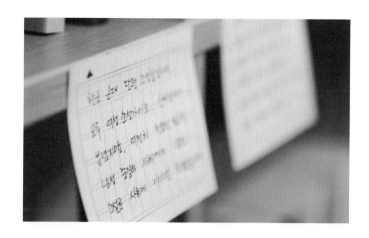

시의 주요 공간과 장소-도시소설'과 같은 흐름으로 책이 꽂혀있다.

운영자의 추천 메시지는 매체마다 다르다. 독자가 다르기 때문이다. 책방에선 원고지 무늬의 메모지에 책 소개 글을 손글씨로 써둔다. 지금이야 대형서점에도 손글씨 메모가 익숙하게 등장하지만, 책방을 열었을 때만 해도 낯선 모습이었다. 아직도 "소개 글 때문에 이 책 골랐어요"라고 말하는 독자와 책을 구매하며 "이 메모도 같이 가져가도 돼요?" 하는 독자를 만나면 정말 뿌듯하다. 작은 책방 운영자의 책무를 다한 느낌이랄까. 인스타그램은 짧은 글이지만 예비 독자가 환심을 갖도록 노력해서 쓰고, 신문이나 잡지, 다른 온라인 플랫폼의 경우 한 가지 주제를 중심으로 독자의 구체적인 흥미를 유도해 쓴다.

누군가는 "책 큐레이션 따위 아무나 할 수 있는 거 아니야?"라고 할지 모른다. 하지만 책방 좀 다녀본 사람이라면, 책 좀 읽어본 사람이라면 비슷한 듯 모두 다른 서가를 구분해내고, 나의 취향에 맞는 책방을 알아본다. 그래서 난 큐레이션 공부를 게을리하지 않으려 애쓴다. 공부를 위해 열심히 읽으며 기록한다. 기록의 방법은 여러 개지만, 그중 애쓰는 건 꾸준히 나만의 책 리스트를 만드는 것. 정보를 정리하고 분류하는 게 큐레이션의 기본이다. 주제에 따라 도서 리스트를 엑셀 파일로 정리한다. 한 파일에 글쓰기, 도시소설, 공간과 장소, 미술과 문학 사이, 책방과 서점, 시인들의 에세이, 어른들을 위한 그림책, 글쓰기 책, 여성주의 작가 등 키워드로 시트가 나뉘어있다. 적은 건 열 개 남짓, 많은 건 50개 이상의 책 이름과 저자, 출판사, 발행일을 써둔다.

구체적으로 보면, '글쓰기'는 글 쓰는 삶에 영감을 주거나 작법에 도움을 주는 책, 여성의 글쓰기로 나뉜다. 도시소설은 동시대 도시소설과 근대 도시소설로 구분했다. 여기에 도시수필을 따로 두었다. 여행 에세이와는 다른 책들이다. 내가 엮은이로 작업한, 나혜석이 1년 8개월간 구미유람과 유학 후 남긴 글 《꽃의 파리행》이나 버지니아 울프Adeline Virginia Woolf의 런던 거리 산책과 픽션이 엮인 《런던 유령》 등이다. 공간과 장소는 지극히 개인적인 큐레이션 목록으로 공부하며 필요한 책, 관심 있어 모은 책 목록이다. 앙리 르페브르Henri Lefebvre, 이 푸 투안Yi-Fu Tuan, 조르주 페렉Georges Perec 등 사회학자, 지리학자, 인문학자, 예술가가 쓴 책이다. 미술과 문학 사이는 예술가의 삶을 주로 다루는 책이다. 화가, 조각가, 사진가 등 예술가가 직접 자신의 삶을 일기, 편지, 에세이, 기행문으로 기록한 책이 많고, 책

방과 서점은 책방 운영자나 책방 여행자가 책방에 관해 쓴 책이다. 최근 열심히 리스트를 채우는 주제는 리터러시(읽고 쓰는 방법)에 관한 책과 일기와 편지 에세이 책이다.

어느 강연에서 이 이야기를 했다. 끝나자 바로 한 청중이 손을 들더니 말했다.

"혹시 책 목록을 공개해줄 수 있어요?"

"아니요. 이건 저의 자산이라서요."

"이미 출간된 책들인데 공개해도 되지 않나요?"

"모두 출간된 책이지만 어떤 키워드로 어떤 이유로 묶이느냐에 따라 다른 책이 돼요."

책 리스트는 책방의 혹은 책방 운영자의 지적 자산이다. 책방에서 책이나 서가 구성을 촬영하지 못하게 하는 이유다.

사실 나도 누가 시키지 않는 일, 티 나지 않는 일이라 자꾸 게을러진다. 좋은 책을 발견했을 때 차곡차곡 쌓아야 하는데 번뜩 몰아서 하는 때도 잦다. 자주 잘 읽어야 하고 많이 읽어야 하는데 이조차 삶의 여러 일과 돈 버는 일로 자꾸 미뤄진다. 독자가 아니라 책방 운영자이므로 읽는 일도 '일'인데 말이다.

작은 책방의 큐레이션이란 게 책방 운영자의 취향이 크게 작용한다. 그런데 운영자의 취향만으로 채워진 서점이 옳은 걸까, 독자가 원하는 책 중 큐레이션 하는 게 옳은 걸까 자주 고민한다. 정답은 없고 확신하기는 힘들다. 단지 운영자의 선택만 있을 뿐. 다만 잊지 말자고 생각하는 건 책을 고르는 나의 마음, 그 책을 읽을 독자의 마음일 뿐이다.

#당신의 베스트셀러는 무엇인가요

"책방에서 가장 잘 팔리는 책은 뭔가요?"

사람들은 어떤 책이 많이 팔리는지 궁금해한다. 자주 듣는 질문인데도 이 질문은 참 난감하다.

"제가 쓴 책이 가장 많이 팔려요."

웃자고 한 이야기지만 사실이다. 책방을 찾는 손님은 이 책방에서만 살 수 있는 것을 원한다. 우리가 여행지에 가서 그 도시나 장소의 기념품을 사 오듯이. 결제하는 과정에서 사인을 받거나 대화도 나눈다. 독자는 책을 사는 경험과 작가를 만나는 경험을 동시에 하게 된다. 물론 눈에 잘 띄는 자리에 책이 있으니 내가 글쓴이인 줄 모르고 구매하는 일도 있지만.

"그럼 다음으로 많이 팔리는 책은요?"

처음 나의 대답에는 많은 사람이 웃는다. '귀여운 대답이네' 하고 넘긴다. 하지만 다시 묻는다. 진짜 나의 대답을 듣겠다는 의지일 것이다.

"제가 추천한 책이 많이 팔립니다."

책방에서, 라디오에서, 소셜미디어에서 추천하거나 언급한 책을 찾는 독자가 많다. 책방에선 책 위에 붙여둔 추천 메모를 보고 구매하는 사람이 가장 많고, 책방 온라인에 올린 포스팅을 내게 보이며 "이 책 있어요?"라고 묻는 사람도 많다. 책방을 자주 오는 손님은 인스타

그램을 보고 살 책을 고르거나 택배로 보내달라는 요청을 종종 한다.

나의 인터뷰집 《일상생활자의 작가 되는 법》이 출간되었을 때였다. 한 책방에서 북토크를 했다. 응급의학과 의사이기도 한 남궁인 작가와 함께한 행사였다. 행사장에 먼저 도착해 있었는데, 곧바로 도착한 그의 손에 신형철 평론가의 《인생의 역사》가 들려 있었다. 인사를 건네자마자 반가워 "저 어제까지 이 책 읽었어요"라고 말했다. 북토크 시간에 자연스럽게 최근 읽은 책에 관한 질문을 받고 이 책에 관해 꽤 오래 이야기를 나누었다. 그날 밤, 집으로 돌아오는 길. 책방 온라인 스토어에 등록한 이 책의 재고가 모두 동났다. 행사에 참석

한 분들이 구매하신 건지, 어쩌다 우연히 들어맞은 건지는 모르겠다. 한 책이 몇 시간 만에 여러 권 판매되는 일은 무척 드문데 말이다.

"신간은 매주 몇 권이나 들어오나요?"

앞서 밝혔듯 보통 신간은 일주일에 다섯 종 정도 입고한다. 사실 한 종도 입고하지 않는 주도 있다. 여기서 신간은 출간 3개월 이내의 책이다. 신간보다는 재입고 책이나 3개월 전에 출간된 책 입고량이 더 많다. 간혹 출간 전부터 기다리는 책이 있다. 좋아하는 작가의 책이거나, 관심 주제인 책은 유통사 배본일만 기다렸다가 바로 주문한다.

작은 책방을 찾는 독자는 신간에 민감하게 반응하지 않는다. 하지만 작은 책방이라고 신간에 소홀해도 된다는 말은 아니다. 책의 순환에 게을러서는 안 된다. 책은 과일이나 야채처럼 썩지 않고 꽃처럼 시들지 않으니까 괜찮다고 생각하는 사람이 있을지 모른다. 작은 책방은 큐레이션이 중요하니까, 내가 좋아하는 책만 팔 거니까, 하면서 책이 전혀 순환하지 않는 곳이 있다. 좋아하는 책, 잘 팔리는 책, 독자가 원하는 책을 계속 반복적으로 소개하고 판매해도 좋지만, 독자와 손님이 책방에 자주 방문하게 하려면 새로운 책을 발견할 기회를 만들어줘야 한다.

"베스트셀러는 얼마나 팔리나요?"

책방을 운영하며 전혀 예측하지 못했던 일 중 하나가 나의 책방에선 대형서점의 베스트셀러가 무의미하다는 것이다. 정말 실제로 몇 주간, 몇 달간, 아니 1~2년 동안 베스트셀러인 책이 1년 동안 한 권도 팔리지 않은 적이 여러 번 있다. 그래서 난 미디어나 대형서점에서 화제가 되는 책에 민감하게 반응하지 않는다. 물론 그중 내가 좋아하게 된 책이나 좋아하는 작가의 책은 어김없이 독자의 눈에도 띄고 구매로 이어진다. 재밌는 건 그 책을 고른 독자도 베스트셀러인 걸 모르고 구매한다는 것이다. 아무래도 독자가 작은 책방에 기대하는 건 대형서점과는 다를 수밖에 없다. 만약 나의 책방에 베스트셀러만 가득하다면? 지금의 독자는 걸음을 끊지 않을까.

그렇다고 모든 작은 책방에서 베스트셀러가 안 팔리는 건 아니다. 어느 책방은 베스트셀러만 가져다 두고 어느 책방은 베스트셀러만 잘 팔린다. 책방의 위치나 책방을 찾는 손님, 책방 운영자가 좋아하는 책에 따라 달라진다.

작은 책방은 모두 판매하는 책이나 양이 다르다. 나의 책방에선 전혀 팔리지 않는 책이 어느 책방에선 하루에 수 권씩 판매되고, 어느 책방에선 인기 없는 책이 나의 책방에선 스테디셀러다. 그래서 난 여러 작은 책방에서 월별 베스트셀러 공개가 무척 재밌다. 책방마다 특성과 책방에서 추구하는 방향, 독자의 성향과 운영 중인 프로그램에 따라 판매되는 책이 달라지므로.

그렇다면 왜 나의 책방은 월별 베스트셀러를 공개 안 하는가? 아니 못하는가. 난 한 종의 책을 100권, 500권 팔고도 싶지만 100종의 책을 모두 한 권씩 팔고도 싶다. 세상에는 너무 좋은 책이 많으니까. 한 권의 책이 수많은 독자와 만나는 일도 가치 있지만, 100권의 책이 100명의 독자와 연결되는 일도 꿈꾼다. 따라서 나에게 베스트셀러 아니 베스트 책은? 내가 읽고 당신과 함께 읽고 싶은 책이다. 당신의 베스트는? 오늘 산 책이 베스트가 되기를 바란다.

#온라인으로 경험을 건네는 일

작은 책방에서 책을 사는 건 책방으로 걸음을 옮긴 순간부터 책을 사는 경험이 시작되는 일이다. 어느 책방에 갈지 선택하고 책방에 도착한다. 책 표지를 보고 제목을 보고 첫 문장을 읽거나 몇 장을 읽고 그날의 기분에 따라 책을 고른다. 책방에서 책을 만난 후 사는 것이다. 이때 책방은 독자에게 책만 팔지 않는다. 책방이라는 공간의 분위기를 함께 판다. 분위기는 책방이 위치한 동네, 책방의 조명과 음악, 냄새, 온도, 큐레이션 된 책들, 책이 전시되어 보이는 모습까지 포함한다. 이 경험이 독자가 불편함을 감수하고 작은 책방으로 오는 이유다.

책방을 열 당시에는 온라인 스토어를 운영할 생각은 없었다. 별도의 책방 홈페이지를 만들기에는 비용도 관리도 어려운 일이었고, 이미 대형 온라인서점은 당일 배송과 익일 배송, 10퍼센트 할인과 5퍼센트 포인트 적립, 예쁜 굿즈를 주고 있었다. 그때나 지금이나 온라인서점과 경쟁에서 이길 수 없다. 할인과 포인트 적립, 당일 또는 익일 배송을 이 작은 책방이 이길 수 있을까. 지금도 온라인으로 책을 구매한 당일이나 익일 "책 배송 언제 되나요?" 전화나 문의를 받고, 배송이 늦다며 취소당하기도 한다.

책방을 연 지 6개월 정도 지났을 여름이었다. 네이버에서 개인과 사업자에게 온라인 판매가 가능한 플랫폼을 연다는 안내 메일을 보내왔다. 이후 또 한 번의 메일이었는지 전화였는지 또렷이 기억나지 않지만, 책방에서 온라인 스토어를 개설한다면 네이버 메인 창에 정기적으로 노출해준다는 제안을 받았다. 국내 대형 포털사이트에 책방 노출이라니. 골목에 자리한 작은 책방은 주로 SNS로 독자들의 첫걸음을 만든다. 신생 책방은 처음 "저 책방 열었어요"라고 소리칠 곳이 없다. 팔로워 수도 적고 지역 네트워킹도 이제 막 시작하는 단계가 대부분이다.

난 책방 홍보를 기대하며 온라인 스토어를 열었다. 네이버 온라인 스토어 플랫폼은 통신판매업 사업자등록이 되어있지 않아도 개인이 개설할 수 있다. 판매금액이 쌓이면 전자상거래 사업자로 전환하면 된다. 나 역시 개인으로 시작해 매출이 커지고 책방이 과세사업자로 전환하게 되면서 통신판매업을 추가로 신고했다. 통신판매업 사업자는 홈택스에서 간편 신청으로 가능하며, 사업자등록증과 구매안전서비스 이용 확인증이 있어야 한다. 구매안전서비스 이용 확인증은 네이버 스마트스토어 사이트에서 간단하게 발급해준다. 통신판매업 사업자를 신고하면 지역에 따라 다르지만, 서울은 1년에 4만 원가량의 등록면허세만 내면 된다.

처음 온라인 스토어를 시작하며 고생을 꽤 했다. 익숙하지 않은 화면을 열고 책방 로고와 주소를 넣고 전화번호를 쓰고, 넣으라는 항목을 채우는 데만 두 시간은 걸렸다. 온종일 여행과 동네를 기록한 책 다섯 권을 등록했다. 다음 날도 다섯 권, 또 다음 날도 다섯 권의 책을 등록했다. 가끔은 단순 노동이 환기에 좋지만, 10분, 20분이 아쉬운 시기에는 마음이 조급해지는 노동이었다.

　온라인 스토어를 개설하고 첫해와 다음 해까진 판매량이 나쁘지 않았다. 매주 한 번은 네이버 메인 화면에 책방 온라인 스토어에 등록한 책이 노출되었고, 노출된 모든 책이 잘 팔린 건 아니지만 분명 반응이 있었다. 한 책이 하루 이틀 만에 20권 이상 판매된 적도 있고, 또 일주일 사이 50권 넘게 판매된 책도 생겼다. 작은 책방에서 한 책이 하루에 수십 권 판매된다는 건 그때나 지금이나 굉장히 이례적인 일이다. 둘 다 독립출판이었고, 콘셉트가 확실한 책이었다. 신이

나서 제작자에게 빠른 재입고를 재촉했고, 책방 휴무일에 나와 택배 배송 작업을 했던 날이 여럿이었다.

그러나 작은 책방이 늘어나고 그중 많은 책방이 온라인 스토어를 열면서 판매량은 떨어졌고, 네이버 페이지가 개편되면서 판매량은 한 번 더 떨어졌다. 코로나 시대를 건너며 비대면 소비가 촉진되면서 여러 오픈마켓에서 책을 판매하기 시작했다. 이때가 작은 책방도 온라인 판매 확장의 기회였다고 생각한다.

2024년 5월 기준 온라인 스토어에 등록되어 판매 중인 책은 981권, 품절된 책은 282권이다. 등록된 책이 1263권인 셈이다. 큰 숫자 같지만, 매우 적은 숫자다. 책방을 거쳐 간 책과 지금 책방 서가에 꽂혀있는 책과 대비하면 매우 적다. 최근에는 일주일에 한두 권 정도만 등록한다. 독립출판물 위주로 등록하며 동네서점 에디션이나 친필사인본, 특별한 증정품이 함께하는 책들이 소개된다. 따라서 여기서도 북 큐레이션이 다른 감각으로 적용되어야 하는 것이다. 독자가 유료 배송료를 내고 살만한 책을 골라야 한다.

팬데믹 시대가 왔을 때, 온라인 판매를 확대할지 고민했다. 굿즈를 만들고 책 정기배송 구독서비스를 만들고 자체 구매 홈페이지 개발 등을 말이다. 책방에서 하루 판매 권수가 적은 날은 온라인 주문 건이 있으면 숨이 트였다. 하지만 난 이 기회를 제대로 활용하지 못했고 또 한 번 판매량은 떨어졌다. 온라인으로 책을 꽤 팔던 한 책방 운영자도 "우리 이제 일주일에 한두 권 팔면 다행이에요"라고 말한다. 반대로 그 기회를 잘 포착한 몇몇 책방은 정기구독 서비스나 책과 굿즈를 묶은 세트를 만들어 온라인 판매가 주요 수익이 되기도 했다. 결과적으로 난 홈페이지는 포트폴리오 형태로 개설하였고 온라인 판매를 확대하진 못했다. 떨어진 매출은 결국 오프라인에서의 책 판매와 모임으로 회복했다.

그때도 지금도 내가 고민하는 건 온라인 판매량 증가가 아니라 온라인 스토어에서 책을 구매하더라도 작은 책방에서 책을 사는 경험을 건네는 방법이다. 책방에 오고 싶어도 물리적으로 오지 못하거나, 여러 이유로 찾지 못하는 독자가 있다. 책방에 가서 책을 샀던 경험을 온라인으로라도 연결하고픈 마음도 있을지 모른다. 이에 온라인으로 만나는 독자에게 책방의 분위기를 몽땅 전하지 못하더라도 조금은 함께 건네고 싶다. 책을 고른 마음과 책을 소개하는 마음도 함께. 아직 그 방법은 찾지 못했다. 계속 찾는 중이다.

다만 동네서점 에디션이나 친필 사인본, 책방에서 단독으로 판매하는 책들과 독특한 독립출판물을 위주로 온라인 스토어에 등록하고 있다. 어디서나 살 수 있는 책이 아니라 책방 연희에서만 살 수 있는 책들 말이다.

#잘만 활용하면 도움이 되는 인스타그램

책방을 열었던 2017년은 인스타그램보다 페이스북이 활발했다. 나역시 페이스북 책방 계정을 먼저 열었고 매일 팔로워 늘리기에 힘을 쏟았다. 페이스북의 경우 얼굴도 이름도 모르는 사람보단 친구나 친구의 친구, 친구의 친구의 친구로 이어지는 팔로워들이다. 새로운 독자가 검색해서 들어오는 일은 적었다. 당시에는 지금보다 해시태그 사용도 적었으니 더욱 그러했다. 책방의 온라인 광고도 그때 처음이자 마지막으로 해보았다. 2주 정도 서울과 경기권에 거주하는 20대부터 40대를 대상으로 진행했다. 결과적으로는 클릭 수와 팔로워 수는 조금 늘었지만 이렇다 할 성과는 없었다.

그해 여름, 인스타그램 사용자가 눈에 띄게 늘었다. 페이스북 사용자도 인스타그램으로 넘어가기 시작했다. 사회 전반이 텍스트에서 이미지로 넘어갔듯, SNS도 텍스트에서 이미지 중심으로 전환된것이다. 나는 인스타그램이 궁금해 개인 계정을 만들었다. 페이스북친구 몇몇이 팔로워 했고, 내가 읽는 책, 내 책방에 관심을 가지는 얼굴도 이름도 모르는 팔로워들이 생겨났다.

책방을 찾은 손님이 물었다.

"책방 인스타그램 계정이 뭐예요?"

"아직 없어요."

"요즘은 다 인스타그램 해요. 빨리 만들어요."

며칠을 미뤘다. 블로그와 페이스북을 이미 운영 중인데 인스타그램까지 운영할 수 있을까. 개인 계정과는 달리 정제된 사진과 글이 필요하고 종종 이벤트도 하고 팔로워 관리도 해야 한다는데 내가 할 수 있을까.

그러나 눈에 띄지 않는 책방을 알리기 위해선 인스타그램이 필요했다. 개인 계정을 책방 계정으로 변경했다. 책방 이름으로 바꾸니 몇 달간 팔로워 수가 눈에 띄게 늘기 시작했다. 잡지와 미디어, 뉴스에까지 작은 책방들이 소개되는 일이 많아지던 때였다.

2019년 3월 1만 명, 2022년 하반기에 2만 명을 넘어섰다. 지금은

2만 4000명이 넘는 팔로워를 가진 마이크로 인플루언서와 매크로 인플루언서 사이 어디쯤이 되었다. 이 숫자가 되기까지 5년 넘게 걸렸다. 중간중간 정체기도 있었다. 지금은 크게 늘지도 줄지도 않고 유지하는 정도다. 이 숫자가 뭐라고. 숫자를 보고 출판사나 영화사, 기업에서 작고 큰 협찬이나 홍보 의뢰가 들어오고 협업 문의가 생겨난다.

"인스타그램을 해야 할까요?"

나의 대답은 결론적으로 하면 좋다가 아니라 '지금은' 해야 한다. 〈동네서점〉(www.bookshopmap.com)에 따르면 2022년 기준으로 '동네서점지도'에 등록된 독립서점 중 약 70퍼센트가 인스타그램 계정을 운영 중이고, 현재 500여 곳의 전국 독립서점이 66만여 개의 사진을 공유하고, 총 250만여 개의 좋아요를 받으며, 독립서점 인스타그램 계정의 팔로워 총수는 250만여 명이다. 독립서점 방문자나 독자는 인스타그램을 정보 확인이나 소통 창구로 활용하고 있다.

"온라인 광고를 해야 할까요?"

광고는 오프라인 책방으로 손님을 이끄는 장치는 되지 못한다. 행사 모객이 어렵다고 광고하는 책방이 간혹 있다. 그러나 광고한다고 참가자 신청이 크게 늘진 않는다. 이런 책방이 있어요, 이런 일을 하고 있어요, 이런 책을 팔아요, 책방의 노출 정도다. 인스타그램 노출이나 팔로워 수가 중요한 게 아니다. 진짜 독자와 진짜 독자가 될 예비 독자를 잡아두는 게 중요하다.

인스타그램을 시작했을 땐 정말 막막했다. 페이스북 친구들이 팔로워를 해주어도 그 수가 100명이 채 되지 않았다. 빈 화면에 올릴

사진을 고르고 글을 쓸 때는 백지에 글을 쓰는 일보다 100배는 더 외로웠다. 그러나 방법은 한 가지. 매일 책방의 이야기를 쓰고 책 콘텐츠를 만들며 진짜 독자를 잡아야 한다. 여기서 독자는 내 책방에서 책을 사는 독자이거나 살지도 모를 독자이며, 내가 온라인에 올리는 텍스트를 소비하는 독자이기도 하다.

그래서 난 독자를 잡기 위해 인스타그램에서 마냥 흘러가는 포스팅보단 자체 생산하고 소비되는 콘텐츠를 고민한다. 책방 운영자의 책 읽기, 책방 운영자의 사생활이란 해시태그로 책방의 책을 소개하고 책방의 날들을 알린다. 나 개인에겐 하나의 아카이빙(기록)이 되면서 독자들에겐 짧게 소비할 수 있는 콘텐츠가 된다.

가장 애쓰는 건 책방 연재물이다. 2017년 여름 책방에 인턴을 나온 대안학교 학생의 〈책방 일기〉를 블로그에 공개한 게 그 시작이었다. 이후 인턴과 책방 스텝들의 〈책방 일기〉를 블로그에서 인스타그램으로 옮겨와 공개했다. 다른 책방 운영자들과 함께 이메일 뉴스레터를 보내기도 했다. 2022년에는 책방 스텝이 연재한 〈책은 잘 모르지만 책방 스텝입니다〉는 출간 문의가 들어왔고 2023년 1월부터 5월까지 연재한 〈소설 쓰고 앉아있네〉를 통해 에세이집 출간이 이뤄졌다. 이후 6월부턴 책방 운영자인 내가 뉴스레터가 아닌 인스타그램에서 처음으로 〈연희와 우연들〉이란 이름의 책방 이야기를 연재했다.

"팔로워 수가 안 늘어요."

"좋아요 수가 너무 적어요."

"책 소개 글이 가장 인기 없어요."

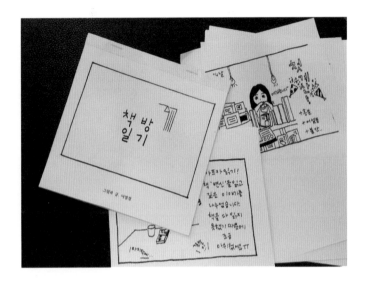

여러 책방 운영자에게 듣는다. 해시태그와 알고리즘 검색이 개편되면서 좋아요 수가 현저히 떨어졌다는 소리도 있다. 한때 나도 SNS 운영을 무척 고민했다. 팟캐스트, 유튜브, 스레드, X까지, 해야만 할 것 같은 SNS는 늘어갔고 실질적 소통은 어느 정도인지 가늠할 수 없었다. 내가 친절하지 않은 운영자여서 그런지, 내가 친밀한 관계를 적극적으로 만들지 않아서인지, 위트 넘치는 글을 못 써서인지 소통이 원활하지 않은 듯했다. 같은 팔로워 수라도 어느 책방은 좋아요 수가 50개, 어느 책방은 1000개가 넘었다. 좋아요나 댓글 수, 모임이나 이벤트 참여 수 등 소통지수가 높은 것이다. 사실 책방 연희의 소통지수는 높은 편이 아니어서 팔로워 수에 비해 좋아요 수나 댓글

* 인턴이 그리고 쓴 책방 연희의 첫 연재물 〈책방 일기〉

수가 매우 적어 고민이 많았다.

　하지만 지금은 광고하지 않는 이유처럼 애써 만들려고 하지 않는다. 책방마다 분위기와 다루는 책이 다르듯, 책방을 찾는 손님도 성향과 성격과 취향이 다르다. 분명한 건 계속 책방이 궁금한 이유를 만들고, 온라인으로 소비할 만한 콘텐츠를 공개해야 한다는 것이다. 그래야 온라인 세계에만 떠도는 숫자가 아니라 오프라인 책방에 오는 독자가 된다.

#지원사업은 필수가 아닌 선택

매년 2, 3월 공모사업이 쏟아진다. 예술, 공연, 출판은 물론 서점도 마찬가지다. 이에 누군가는 1월부터 3월은 '비수기' 혹은 '겨울방학'이라고 부른다.

서점의 공모사업은 크게 문체부 산하단체와 지자체, 도서관으로 나뉜다. 공모사업은 '지역서점 지원사업'이라는 이름으로 적게는 50만 원부터 많게는 1000만 원까지 사업비도 다르고, 사업 영역도 행사 진행부터 인문프로그램 운영, 낡은 시설 변경까지 다양하다. 창업 지원사업 영역까지 확장하여 살펴보면 수천만 원의 사업비를 지원받기도 한다.

나 역시 개점 후 꾸준히 지원사업에 응모했다. 한국출판문화산업진흥원과 서울도서관에서 주관하는 문화활동 지원사업에 지원했고, 지역문화진흥원 문화활동 지원사업과 서울문화재단 연구사업에도 종종 지원했다. 그리고 책방이 마포구에 있기에 마포중앙도서관이나 마포문화재단에서 진행하는 사업과 때때로 개인 창작자로서 창작지원금을 받는 사업까지, 무척 많은 지원사업에 참여했다.

지원사업은 모집 공고를 하고 전국의 수많은 책방에서 지원한다. "제가 하고 싶어요!" 손을 들면 되는 일이 아니다. 사업 제안서를 규격에 맞는 신청서와 기한 내에 제출해야 한다. 적게는 3대 1 많게는

10대 1의 경쟁률을 뚫어야 한다. 다행히도 직업적 경험으로 인해 책방 지원사업 성공률이 높았다.

"오! 이번에 B사업 선정되셨네요. A사업도 되셨던데. 우리 책방은 올해도 떨어졌는데. 어떻게 해야 선정되는 거예요?"

조금 큰 책방 지원사업 결과가 나오는 날이면 전화나 메시지가 꼭 도착한다. 함께 선정되어 반갑다거나, 자신의 책방은 떨어졌는데 나의 책방은 선정되어 부럽다거나.

광고대행사를 다닐 때 제안서 쓰는 일이 가장 재밌으면서도 힘든 일이었다. 새로운 콘셉트를 만들고 자료를 모으고 사람들과 의견을 나누고 상상이 실현되는 과정은 즐거웠다. 그러나 제안서 몇 페이지로 사업을 수주하거나 수주하지 못했다. 전혀 2등이 필요 없는 곳. 실현되지 않을지도 모를 제안서를 쓰는 건 꽤 많은 힘이 빼앗기는 일이었다. 퇴사하면서 "와, 이젠 제안서나 기획서는 안 써도 되겠다"는 기쁨도 있었다. 그러나 이게 웬일. 책방을 운영하며 더 많은 제안서를 쓴다. 대부분은 지원사업에 선정되기 위한 제안서이고, 일부는 기업이나 기관과 협업하기 위한 기획안이다.

어떤 일에나 장단점이 있듯, 지원사업을 많이 한다고 무조건 좋은 건 아니다. 장점은 사업비로 책방에서 다양한 시도를 해볼 수 있다는 것, 여러 홍보 채널을 통해 책방이 노출된다는 것, 다른 책방 운영자나 기관 담당자와 연결될 수 있다는 것. 단점은 계약부터 정산까지 행정 관리와 서류 작성이 필요하다는 것, 운영자가 쏟는 시간과 힘이 적지 않게 든다는 것, 책방에 이로운 수익은 적다는 것. 책방 운영자의 운영 방향이나 가치관에 따라 장단점은 더 많거나 적을 수 있고 때론 장점이 단점으로, 단점이 장점으로 뒤바뀔 수도 있다.

그래도 이제 막 개점했거나 새로운 시도가 필요한 곳은 지원사업만 한 게 없다. 내 돈 들이지 않고 새로운 시도를 해볼 수 있으니까. 수년간 제안서와 기획서를 작성한 기획자로서, 책방을 운영하며 지원사업 선정 성공률이 높은 책방 운영자로서, 책방 지원사업을 비롯해 책 문화 사업에 다년간 심사를 다녀본 심사위원으로서 본 지원사업 선정 비법은 이렇다.

첫 번째는 지원할 사업을 최소한으로 선택한다. 대부분 비슷한 시기에 공고가 나고 비슷한 시기에 사업을 진행하고 비슷한 시기에 정산한다. 여러 사업을 진행하여 수익을 올리고 많은 활동을 한다면 좋은 일이지만, 일정 관리와 인력 관리, 정산 업무가 뒤따른다. 10월, 11월에 대부분 사업이 완료되는데 이땐 책 행사도 많을 때라 의도치 않게 과중한 업무에 시달리는 책방 운영자도 여럿 보았다.

두 번째는 사업의 의도를 파악한다. 모든 사업 공고는 공고문이 게재된다. 이 공고문을 꼼꼼히 살펴야 한다. 항상 문제에 답이 있기 마련이다. 공고문에서 중요하게 살펴야 할 내용은 사업 목적과 지원 대상, 심사 평가 항목이다. 짧게는 두세 줄에서 길게는 몇 페이지까지 공개되는 이 내용을 대충 지나쳐선 안 된다. 실제로 심사에 참여해보면 사업 의도와 다른 내용으로 신청서를 제출하는 곳들이 적지 않다. 한 큐레이션 서가 지원사업 사례다. 지원 대상에 '~하고 싶지만, 역량과 경험 부족으로 어려움을 겪는'이었다. '컨설팅 및 현장 점검이 필수'라는 내용도 적혀있다. 그렇다면 함께 고민하고 논의하여 협업하는 구조라는 건데, 이 사업에서 난 이렇게 모두 계획했고 사

업 예산을 이렇게 쓰겠다고 강경하게 쓴 신청서라면 과연 선정 확률
이 높을까?

　세 번째는 차별화된 사업 내용이 필요하다. 같은 형태의 사업 유
형이라도 차별성이 선정의 이유가 된다. 차별성은 책방이란 공간을
잊지 않고 나의 책방의 특징을 잘 살린 프로그램이어야 한다. 만약
나의 책방 콘셉트가 분명하다면 도움이 된다. 페미니즘 책방이거
나 비건, 동물권을 위한 책방이거나, 어린이 책방 같은 콘셉트 말이
다. 특정 콘셉트가 없더라도 작은 차별성이 있어야 한다. 예를 들어
문화행사 지원사업의 경우 많은 책방이 작가 초청 북토크와 글쓰기
모임을 많이 제안한다. 네 번의 작가와의 만남을 진행 계획이라면 A
작가, B작가, C작가, D작가와의 만남을 나열하는 것보다 A-B-C-D

를 묶어 하나의 프로그램으로 기획하면 좋지 않을까. 도시를 기억하기 위한 북토크, 동네를 기록하는 글쓰기 프로그램처럼 말이다.

여기까지 애썼다면 마지막은 운이다. 사실 운이 전부인지도 모른다. 어찌 보면 나의 책방이 여러 공모사업에서 선정된 건 모두 운이었다. 어떤 심사위원이 오는지도, 심사위원의 취향도, 담당자의 말한마디도, 그날의 뉴스나 날씨도, 그 어떤 것이 운으로 작용했는지 모른다. 분명한 건 앞서 말한 세 가지를 완벽하게 했다고 해서 선정되는 일도 아니고, 부족하여 떨어지는 일도 아니라는 것이다.

그리고 지원사업은 대부분 참가비 무료로 진행된다. 세금으로 운용되기 때문이다. 참가자에겐 좋은 기회다. 양질의 프로그램을 무료로 참여할 수 있으므로. 작가에게도 좋은 기회다. 사례비를 적정히 받으면서 독자를 가까이서 만나는 기회가 많아지므로. 그러나 최근 지원사업을 통해 책방에서 진행하는 문화활동이 많아지면서 작가와의 만남이나 가벼운 모임의 경우 당연히 무료 행사라고 생각하는 사람이 생겨났다.

"책방에서 하는 행사인데 돈을 받아요?"

부당한 요구를 당연하게 요청하는 사람도 등장했다.

"어차피 세금으로 하는 건데 그냥 해주면 안 돼요?"

새로운 프로그램을 기획하고 참가자의 좋은 반응을 이끌었다고 해보자. 새로운 독자를 확보한 일이라고 단언할 수 있을까? 지원사업이 종결된 후 유료로 프로그램을 전환해도 참여할까? 내년에 지원사업에서 모두 탈락한다면 책방에서의 문화활동은 유지할 수 있을까?

난 내 책방과 함께 책방 문화와 출판계가 더 단단하게 나아가길

바란다. 그러려면 지원사업을 통한 활동이 책방의 주 활동이 되면 안 된다. 자생적으로 유지하는 구조를 만들어야 한다. 계속 기획력과 모객력을 키우고 수익 계산도 해야 한다. 그래야 장기적으로 나의 책방도, 작가로서의 나도, 독자로서의 나도, 더 멀리 오래 나아갈 수 있다.

이제 나의 책방은 어느 정도 자체적으로 문화활동을 할 만큼의 자생 능력을 갖췄다. 일회성 문화활동 지원사업보다는 책방과, 책방과 연결된 창작자에 보탬이 되는 사업을 집중 선택하여 응모한다. 책방으로 한정된 지원사업만이 아니라 콘텐츠 창작과 연구, 생활문화시설로서도 확장하여 살피고 있다.

#도서를 납품하는 일

지역서점과 독립서점의 다른 일 중 하나가 도서 납품의 비중이다. 실제로는 기관이나 기업, 특정 공간에 라이브러리를 구축하거나 정기적으로 도서를 구비하는 일도 납품 영역에 들어가지만, 아직 가장 보통으로 이뤄지는 도서 납품은 지역 도서관과 학교 도서관이다.

도서 납품은 몇 개의 단계로 이루어진다. 크게 계약, 도서 구입, 도서 정보 데이터 작업, 정산이다.

먼저 계약은 수의계약과 경쟁 입찰로 나뉜다. 수의계약은 지방자치단체나 기관의 규정에 따라 계약 대상자와 2000만 원까지 가능하다. 여기에 소기업, 소상공인 대상이나 여성, 장애인기업, 사회적기업 등은 계약 금액이 5000만 원까지 가능해진다. 도서 납품 수의계약의 경우 지역 협동조합이나 지역서점 1/N, 담당자의 요청으로 이뤄진다. 수의계약이 아닌 경우 나라장터, 학교장터 등에서 경쟁입찰에 참여해야 한다.

계약 이후는 계약 내용에 따라 일괄 납품과 수시 납품으로 나뉜다. 일괄은 요청 도서목록을 일시에 준비, 납품하는 일이고, 수시는 일주일 또는 정해진 기간마다 요청하는 도서를 납품하는 일이다. 이에 따라 도서를 도매상에서 구입하고 마크 작업을 하여 납품해야 한다. 책만 납품하는 것이 아니다. 도서분류에 따라 도서 정보 데이터 작업을 해야 한다. 도서 색인, 바코드, 전자태그 등의 작업은 물론 도서 라벨 정보를 실물에 붙이고 전산에 등록할 수 있도록 해야 한다.

학교나 지역도서관 도서 납품의 경우 예전에는 바코드 작업만 했었으나, 지금은 무인대출기 사용과 도난방지를 위해 전자태그까지 등록한다. 이 작업을 도서 정보 데이터 작업, 줄여서 마크 작업이라고 하는데 업체에 용역을 줄 수 있고, 이 시스템을 구축하여 직접 운영할 수도 있다. 업체에 용역을 줄 경우, 도서 구매비, 권당 마크 작업비, 권당 운송비로 계산된다. 여기에 DLS(독서교육종합지원시스템)를 요구할 경우 별도 바코드 작업이 필요하다. 이는 학교에서 요청하는 일이 많다. 직접 운영하려면 바코드 스캐너와 프로그램을 구매하면 된다.

마지막으로 정산이 필요한데, 이것도 업무다. 계약 형태에 따라 다르고 계산서 발행 방식과 종류도 다르다. 먼저 도서 납품은 면세계산서로 발행하여야 하고, 도서 정보 데이터 작업을 포함한 마크 작업은 용역 형태이므로 10퍼센트 부가세를 더한 과세계산서로 발행되어야 한다. 이 말은 면세사업자로 등록된 서점이나 간이사업자로 등록한 서점은 도서 납품이 불가능하단 의미다.

나의 책방도 2021년 가을 면세사업자에서 과세사업자로 변경하였다. 도서 납품뿐 아니라 대관과 통신판매업도 등록하기 위해 변경했다. 난 사업자 변경을 홈택스에서 신청했다. 한 시간쯤 뒤, 서점 담당 세무서에서 전화가 걸려 왔다.

"서점은 면세사업자인데 왜 변경하시는 건가요?"

나의 설명을 들은 담당자는 "온라인으론 어렵고 직접 구청 세무서 민원실에 와주셔야 해요. 민원실 담당자가 이해를 못할 수도 있어요. 오셔서 전화주시면 제가 내려가겠습니다."

일반적인 변경이 아닌 면세사업과 과세사업을 함께 하는 혼용사업자로 변경해야 했다. 책은 면세고 대관이나 문구류 판매, 용역은 과세가 가능하도록 말이다.

그리고 모든 입금은 계산서 발행 후 한 달 안에 이뤄진다. 돈의 흐름과 일정을 잘 관리해야 큰 액수의 계약도 수월히 관리할 수 있다. 처음 계산서를 발행할 땐 엄청난 일을 하듯 무서웠다. 회사를 다닐 땐 계산서 한 장을 발행하려면 보통 세 명의 결재를 받아 회계팀 담당자가 최종 확인 후 발행해야 하는 어마어마한 절차였다. 도서 납품의 경우 계약 관리자에 따라 나라장터(www.g2b.go.kr)에서 발행하기도 하고, 홈택스(www.hometax.go.kr)로 발행하기도 한다. 처음에는 모든 용어와 절차가 낯설었다.

"나라장터에서 계산서 두 개로 나눠 발급해주세요."

"계산서는 홈택스에서 발행하는 거 아닌가요?"

"나라장터 메뉴 보면 있습니다."

고객센터 상담사와 통화하며 메뉴에 메뉴를 찾아 겨우 계산서를 발행한 적도 있다. 이젠 혼자 결재하고 관리하는 나에게 계산서 발행은 1분이면 할 수 있는 일이다. 물론 여기까지 오는데 1년 이상이 걸렸다.

책방을 운영하며 1년에 한두 건 납품을 진행했다. 대부분 서울 내 도서관과 수의계약으로 이뤄지는 일이었다. 처음에는 도서만 납품하고 마크 작업은 지역 협동조합에 맡기기도 하고, 소량의 도서를 담당 사서가 구매하는 방식으로 진행했다. 2021년부턴 계약을 통해 조금 큰 액수의 납품을 진행하지만 적극적으로 납품 업무에 뛰어들지 못하고 있다. 납품 과정의 복잡함과 많지 않은 수익, 그리고 기존에 납품을 주로 하는 지역서점의 벽을 뚫지 못할 거라는 생각 때문이다. 실제 경쟁입찰을 통해 진행되는 계약 건은 경쟁률이 10대1에서 큰 건 몇백대 1도 된다.

2019년 700만 원 정도의 도서 일괄 납품을 한 이후, 시스템 구축 비용을 알아보았다. 시스템과 프로그램 구입비를 합쳐 400만 원 정도 견적이 나왔다.

"납품을 계속하시려면 시스템 구축해서 직접 하셔도 괜찮아요."

당시에는 지역 협동조합의 도움을 받아 마크 작업을 진행했다. 계속 도서 납품 업무를 하게 되면 직접 마크 작업을 해 수익을 늘려도 되겠다 싶었다. 그러나 이 마크 작업이라는 게 보통 일이 아니었다. 태그를 구매하고 부착하고 검수하여 도서관으로 옮겨 재확인하고 정해진 서가에 꽂는 일까지 해야 한다.

납품 업무를 주로 하는 서점이 아니라 1년에 한두 건 진행하는 서점인 경우 큰 수익은 나지 않는다. 사실 도서 납품을 하면 손해를 본다는 말이 나올 정도로 수익이 적다. 지금은 마크 비용을 아예 책정하지 않는 곳은 많지 않지만, 아직도 실제보다 낮은 비용의 용역비를 책정하는 곳이 많다. 학교 도서관은 심한 경우 100원, 많으면 550원 정도 책정하는 곳이 많고 지역 도서관은 최근 1600원, 1650원 책정하는 곳이 많다. 또한 도서 정가에서 10퍼센트 할인가격으로 납품하고 별도 물류비, 인건비는 책정되지 않기 때문에 도서 수익에서 물류비, 인건비를 떼야 한다.

2023년 나의 책방에서 지역 도서관과 한 건을 수의계약하여 총 납품한 금액은 2000만 원이다. 신속 도서 납품으로 매주 희망도서와 필요한 도서목록을 받아 차주에 납품하는 방식이었다. 정산은 두 번으로 나누어 받았는데, 첫 번째 정산에선 도서 구매비와 마크 작업비, 물류비를 제외하고 나니 책방에 남은 수익은 100만 원이 안 되었고, 두 번째 정산도 비슷한 금액이었다. 아마 내가 직접 책을 나르고, 도서관에서 수서 작업을 도왔다면 수익이 조금은 더 늘어났을 것이다. 마크 작업 업체에 납품 업무를 일괄 일임했고 난 계약과 행정, 커뮤니케이션 업무를 주로 했다. 그렇다면 이 수익이 큰 걸까, 작은 걸까. 얼마의 내 시간을 써야 얼마를 더 벌었을까.

물론 서점을 운영하며 납품으로 인한 매출은 무시할 수 없다. 한 건의 납품 수익은 소액이지만, 건수가 많아지면 매장에서 판매하는 도서 수량과 비교할 수 없는 권수의 도서가 오고 가니까. 실제로 경기도의 한 서점은 2019년 납품을 시작하여 지난해 기준 연 2억 원 정도 납품 매출을 올렸고, 충청권의 한 서점은 희망도서와 도서관 납품 등으로 월 수익이 200만 원 이상 나고 있었다.

서울은 지역구마다 조금 다르지만 대부분 지역 내 협동조합이 많은 납품 계약을 진행하고 있다. 협동조합에 가입하여 납품 업무를 체계적으로 하지 않는다면 작은 독립서점이 납품 시장에 뛰어들긴 어렵다. 나라장터나 학교장터 등에 가입해 경쟁입찰에 참여해도 경험이 적거나 개점한 지 얼마 안 된 서점이 선정된 사례는 찾아보기 힘들다.

몇몇 구는 도서관에서 직접 지역 내 서점에 납품을 의뢰한다. 예산이나 사업별로 서점별 배분을 해주는 일이 많지만, 지자체 도서 구입 예산은 매년 줄고 있다. 서울도서관은 물론 여러 도서관에서 도서 구입 예산이 줄었고 작은 도서관은 사라지고 있다. 어느 지자체에선 청년 도서 드림 상품권을 없앴고 또 어느 지자체에서는 청소년 도서 교환권을 없앴다. 많은 지자체가 지역서점에서 우선 도서 구입이나 납품을 지향하고 규정하지만, 전체 예산이 줄고 있는 게 사실이다. 서울의 독립서점은 납품이 안정적 수익구조가 될 수 있다는 기대를 하긴 어렵다. 따라서 난 납품 기회가 오면 당연히 응하지만, 도서관이나 학교 납품을 수익구조의 중심에 두진 않는다. 가장 바라는 건 기업이나 단체에 내가 큐레이션 한 도서를 납품하는 일이다. 이 책을 보고 계신 기업이나 단체 담당자분들은 누구라도 연락 주시기를 바라본다. (웃음)

#같이 걸어야 멀리 간다

나의 책방에서 멀지 않은 곳에 새로운 책방이 생겼다. 인테리어도 예쁘고 책방 운영자도 손님과의 소통에 매우 적극적이다. 여러 책방을 자주 오가는 한 손님이 말했다.

"사장님, 책방 경쟁자 생겼어요!"

"경쟁자 아니에요. 저희 경쟁자는 대형서점이죠."

웃자고 한 이야기였지만, 그 손님은 자주 내게 다른 작은 책방은 물론 대형서점의 동향까지 전하기 시작했다.

나의 책방에선 수험서나 유아동 도서, 자기계발서를 팔지 않는다. 세상에는 수많은 종류의 책이 있고 수많은 책 중 한 권이 필요한 독자가 있다. 대형서점, 온라인서점, 헌책방, 독립서점, 모두 각기 다른 역할과 기능이 있다. 그래서 난 작은 책방끼리도 경쟁이라고 생각하지 않는다. 누군가는 내가 책방 운영자로서만이 아니라 작가로도 활동하기 때문이라고 생각할지도 모른다. 내가 쓴 책이 나오면 다른 책방에서도 판매하고 소개하고 행사도 하니까. 하지만 책방 운영자로서도 마찬가지다.

현재 독립서점이나 독립출판 시장은 소비자보다 생산자가 많고 소비되는 콘텐츠보다 생산되는 콘텐츠가 더 많다. 먼저 시장이 커져야 독자도 유입되고 양질의 결과물도 만들어지고 수익도 난다. 어쩌면 지금 우후죽순처럼 생겨나는 듯 보이는 독립서점들이 서점의 역할을 바꾸는지도 모른다. 옳고 그름이 아니라 시장의 변화다. 시장의 변화는 재능 있고 영향력 있는 한 서점의 힘으로 되는 일이 아니다. 한 번에 수천 권의 책을 팔고 독자를 모으고 새로운 것을 만들어도 그건 그 '한' 서점의 재능일 뿐이다. 작은 책방에 꾸준히 독자들을 오게 하려면, 시민들에게 여러 독서 경험을 주려면 여러 책방이 함께 해야 한다. 그래야 파도는 멀리 오래 나아갈 수 있다. 그리고 함께하면 즐겁지 않은가.

책방의 일들, 일상의 일들을 해치워내느라 정작 책방 운영자들끼리는 자주 만나지 못한다. 친밀한 사이더라도 책방 운영시간이 대부분 겹쳐 더욱 그렇다. 그런데 업무로 만난다면? 수익이 나는 만남이라면? 더 당당한 만남이 자주 가능하다.

책방 운영 초창기, 해방촌의 한 책방 운영자와 만났을 때였다.

"혼자 하니까 너무 외로워요. 모든 결정을 혼자 해야 하고요."

"전 혼자 하니까 너무 편한데요."

혼자 책방을 운영하는 날들이 쌓이면서 그 말이 무언지 알게 됐다. 사소한 일부터 큰 결정까지 모두 나 혼자 해야 했다. 책을 파는 일이나 책방 내부 업무를 제외하고도 책방 모임, 지원사업 준비, 출판, 외부 행사 등의 일도 혼자 해내야 했다. 누구에게 '함께하자' 말하지 못하는 건 내가 불편해서라기보단 '다들 바쁜데' 또는 '수익도 안 나는 일인데 할까'라는 생각도 있었기 때문이다.

그러나 함께하니 즐거움도 배, 수익도 배가 되었다. 책방의 힘도 커졌다. 그리고 가끔은 새로운 기회가 생겨나기도 했다. 본래 기회는 친구의 친구가 만들어준다고 하지 않던가.

앞에서 말한 지원사업도 전에는 내가 모두 기획하고 선정된 후에 작가를 섭외했다. 선정될지 안 될지 불확실한데 작가나 강사에게 의견을 구하는 게 실례라 생각했다. 지금은 예산이 크고 연속 모임을 하는 지원사업의 경우 공모 단계부터 작가와 함께한다. 불확실한 상황을 설명하고 함께 커리큘럼을 짜고 서류를 꾸린다. 간혹 다른 책방들과 연합하여 행사를 꾸릴 때도 마찬가지다. 서로 의견을 모아 계획하고 과정을 공유하여 실행한다. 함께하면 서로의 이견을 조율하고 생각을 맞춰야 하는 과정이 생기지만, 결과는 훨씬 뛰어나다.

뒤에서 밝힐 단독 에디션이나 동네서점 에디션 리커버 프로젝트도 마찬가지다. 혼자였다면 쉽게 시작하지 못했을 일이다. 이렇게 나아가지도 못했을 일이다. 함께하는 책방이 있어 여기라도 올 수 있었다.

누군가는 "친한 책방끼리 하는 일이잖아"라고 할지 모른다. 당연히 친한 책방끼리는 더 자주 만나고 서로의 상황을 알고 소통도 많이 하니 여러 일을 도모하기 쉽다. 그러나 난 그들에게 묻고 싶다. 그럼 혹시 "제가 이런 걸 생각해봤는데 같이 해볼 생각이 있나요?" 혹은 "저도 그 일에 함께할 수 있나요?" 이야기해본 적이 있느냐고.

나는 요즘 더 자주 "함께 이런 일 해볼래요?" "이런 건 어때요?" 묻는다. 그중 반은 성공, 반은 실패다. 책방을 할 땐 실패란 게 없을 줄 알았다. 실패란 단어를 쓸 만큼 대단한 일을 하지 않을 테고 설레는 일이 적을 거라 생각했다. 그러나 웬걸, 책방을 하며 정말 많은 협업을 제안했고 제안받았다. 때론 성공했고 더 자주 실패했다. 처음은

실패란 생각에 섭섭했고 좌절도 했다. 그러나 얼마가 지나 돌이켜보니 실패는 실패가 아니었다. 모든 일은 과정이었다. 방법을 찾는 일이었다. 《빠르게 실패하기》에는 무언가를 할 때 쉽고(easy), 즐겁게(fun), 즉시(immediate), 다른 사람과 상호작용을 하며(social), 현실적으로(real) 하라고 한다. 난 여기서 '즉시'가 매우 중요하다고 생각한다. 많은 사람이 완벽한 모습을 '짠' 하고 보여주고 싶어 하지만, 대부분 시작조차 못하거나 완벽한 모습을 갖추려 준비만 하다 끝난다.

책방이나 출판사, 작가와 협업하고 싶다면 일단 문을 두드려라. 이왕이면 한두 페이지짜리 협업 소개서를 써두면 좋다. 소개서에는 프로젝트 제목, 목적, 대상, 과정과 예상 결과가 있어야 하고, 필요한 예산과 발생할 수익도 적으면 좋다. 완벽하지 않아도 된다. 협업 소개서는 무엇을 하려는지 명확하면 된다. 어떤 걸 같이 하고 싶은지 명확하게 해주면 된다. 그리고 어떤 책방이든 누구든 자신에게 관심을 가지면 고마움을 느낀다. 불편해하거나 불쾌하게 생각하지 않는다. 협업하느냐 안 하느냐는 상황과 조건에 따라 결정할 뿐이다.

세상에 혼자 할 수 있는 일이 과연 있을까. 책방 역시 혼자 할 수 없다. 혼자 하는 일 같지만 혼자 할 수 없는 일이다. 함께하는 이가 있다면 조금은 불편해도 자주 웃을 수 있다. 외롭지 않다. 그리고 같이 걸으면 멀리 갈 수 있다.

@ Photo by "UNIQLO"

#갑을관계는 거절합니다

책방을 운영하며 이렇게 많은 인터뷰나 협업 메일을 받을지 몰랐다. 직장생활을 할 때 너무 많은 전화와 이메일이 큰 피로였다. 실제로 전화를 온종일 하다가 스마트폰이 과열되어 전원이 꺼진 적도 있다. 책방을 열면서 이 피로에서 탈출한 줄 알았다. 그러나 내 메일함에 읽지 못한 메일의 숫자는 매일 줄지 않는다.

어느 날, 한 기업으로부터 메일을 받았다. 책방의 프로그램과 연계하여 온오프라인 협업 강의 운영을 제안한 메일이었다. 온라인 강의보단 오프라인 강의나 프로그램에 강점이 있는 책방으로선 좋은 강의 콘텐츠를 가진 기업과의 협업을 안 할 이유가 없었다.

첫 메일을 받고 미팅 일정을 잡고 의견을 나누며 함께 해보기로 했다. 진행료와 제작비 등 프로그램 진행 비용도 책정되었다. 나의 개인 보수가 다른 기획일이나 강의료에 비해 무척 적었지만, 책방 수익에 보탬이 되는 일이었다. 또 책방 이름으로 새로운 콘텐츠를 만들고 홍보하는 게 보수가 좀 더 큰 것보다 나은 일이었다.

미팅 이후 온갖 항목이 붙은 계약서가 도착했다. 판권, 저작권, 비밀유지 외에 '이런 항목까지?'라는 생각이 드는 것도 있었지만 회사에서 쓰는 표준계약서라고 하니 넘겼다. 계약서에 도장까지 찍고 나니 "와, 책방에서 또 재밌는 일을 하는구나!" 하며 신부터 났다. 난 이상하게도 새로운 일을 시작할 때 두려움보다 신남이 크다. 그때나 지금이나.

만들어질 책 시리즈 제목을 쓰느라 동네 도서관 여행 서가에 꽂힌 책 제목과 온라인 대형서점에 올라오는 신간 여행 서적을 모두 훑었다. 그렇게 제목을 짓고 8주간의 커리큘럼을 짰다. 미리 온라인 강의를 모두 듣고 회별 주요 내용을 요약하고 의견을 덧붙였다. 질문이나 추가로 알아두면 좋을 내용도 워크지 형태로 정리했다.

모집이 2주 앞으로 다가왔을 때였다.

'띠리링'

메일함에 새로운 메일이 들어왔다.

'다소 죄송한 말씀을 드립니다.'

전반적으로 검토해보니 오프라인 과정 운영이 어렵다는 판단이 들었다고 했다. 준비하는 일정이 보류나 연장이 아닌 전면 취소였다.

제안하고 서로 의논을 하고 새로운 궁리를 하다가 엎어지는 일이야 셀 수 없다. 사실 일을 도모하다 엎어지는 일은 보통의 일이다. 회사 다니며 수억짜리 수십억짜리 프로젝트를 준비하다 멈추거나 뒤엎는 경우도 많이 겪었다. 하지만 정식으로 계약까지 하고 모집을 2주밖에 앞두지 않은 상태에서의 취소는 조금 당황스러웠다. 책방으로선 가장 좋은 시간대인 토요일 오후를 4개월이나 빼둔 상태였고, 외부 강연 제안도 여러 건이나 거절한 상태였다. 포기한 경제적 이득만 따져도 책방의 두세 달 월세는 족히 넘는 금액이었다. 이제와 죄송한 말씀을 전하는 담당자의 마음도 매우 불편했을 것이다. 결정권자나 관리자는 죄송한 말씀을 전할 때는 나서지 않는 법이니까. 사실 뭐, 이런 일이 처음은 아니다.

1년 전에도 2년 전에도 비슷한 일은 반복되었다. 처음에는 거창하게 자신들을 소개하며, 작은 책방이 가진 공간과 지적 콘텐츠를 치켜세워주며 함께 무언가를 만들어보자 한다. 운영 초기에는 이런 제안을 받으면 들떴다. 책방으로서 인정받은 기분도 들고 새로운 비즈니스 모델이 만들어진다는 기대도 있었다. 하지만 막상 첫 만남 후 연락이 끊어지는 일도 나의 공짜 혹은 저가 노동을 원하는 일도 많았다.

한번은 자신을 콘텐츠 스타트업 대표라고 소개하며, 창작자들과 함께 책방과 협업으로 구독서비스를 진행해보고 싶다고 했다. 함께 기획하고 서비스 구성을 하고 창작자를 소개했다. 그리고 크라우드 펀딩을 오픈했다. 그런데 펀딩 시작 후 홍보를 열심히 해야 하는 상황에도 연락이 잘 닿지 않았다. 당연히 펀딩은 무산되었고 어떤 연락도 받지 못했다. 직원도 여러 명이고 측근이 인쇄소도 운영한다는 말에 창작자에게 좋은 기회가 될까 싶어 연결한 일이었다. 먼저 연락을 취해 들은 답변은 '개인사정으로 진행할 수 없음'이었다. 누구나 말 못 할 개인사정이 있을 것이다. 하지만 여러 사람이 마음을 쓴 일에는 명확한 상황 설명이 필요하지 않을까.

그 후에도 별 고민 없이 찔러보는 제안이나 터무니없는 제안을 수없이 받았다. 특히 책방의 콘텐츠나 노동을 '공짜'라고 생각하는 일이 많았다. 가장 많은 공짜 요청은 인터뷰다. 잡지, 신문, 방송, 콘텐츠 회사는 물론 고등학교, 대학교, 대학원 연구생까지 인터뷰 요청자와 목적은 모두 다르지만, 매번 똑같은 질문을 하는 인터뷰들. 인터뷰는 '공짜'라는 생각을 가진다는 것이 매번 놀랍다.

다음으로 많은 공짜 요청은 공간 사용이다. 한번은 책방 여행 프로그램 협업 제안이 있었다. 책방 운영자가 책방을 소개하고 간단한 프로그램을 운영하면 참가자들이 책 한 권을 '사주는' 프로그램이었다. 참가자당 한 권이 아니라 단체 전체 한 권이라니. 정말 내가 제대로 들은 것인가, 한 권을 사준다니. 나의 노동과 책방의 수고가 책 한 권 값밖에 안 되는 것이었을까. 최저시급조차 되지 않는 일인지, 책 읽는 일, 책 파는 일은 그냥 좋은 일일 뿐인지. 나의 일과 책방의 의미를 모두 숫자로 나타낼 순 없지만 숫자는 자아존중감이나 성취감을 나타내고 공간의 가치를 나타내는 수치이기도 하다. 난 그때나 지금이나 재밌고 의미 있는 일 혹은 사람 관계에 투자하는 일이라면 무보수라도 한다. 하지만 책방의 노동과 시간을 '당연히' 공짜로 보는 건 모두 거절한다.

물론 그때도 지금도 작은 책방의 가치를 알고 협업을 제안하는 곳이 훨씬 많다. 더 멋지고 큰 책방도 많은데 왜 이 작은 책방인지. 여전히 고맙고 신기하다. 천성 때문인지 업력 때문인지 새로운 일을 하는데 전혀 낯섦이 없고 흥미를 느낀다. 그래서 난 매일 궁리한다.

자, 내일은 또 어떤 재밌는 일을 시작해볼까. 누구와 같이하면 재밌을까.

#책방의 오리지널리티

"사장님, 여기 보세요, 연희 따라 하는 것 같아요."

단골손님이 문을 열고 들어서자마자 핸드폰을 나에게 들이밀며 말했다. 한 책방에서 연희와 비슷한 형태의 모임을 열고 있었다.

"강사도 다르고 금액도 다르니 완전히 똑같다고 볼 순 없겠어요."

손님은 나보다 더 속상해하며 이러면 안 된다며 씩씩거렸다.

책방을 운영하기에 블로그와 인스타그램을 운영하지만, 난 아주 열심히 들여다보는 사람은 아니다. 버스나 지하철을 기다릴 때 엄지손가락으로 후루룩 넘겨보는 정도다. 그럴 때 가끔 인스타그램에서 눈에 띄거나, 이날처럼 누군가의 입을 빌려 보이고 전해지는 것들이 있다. 그중 몇 개는 '비슷한 생각을 했을 뿐이야'라고 넘길 만한 것들이고, 몇 개는 아이디어의 시작이거나 도용했다고 추측되는 것도 있다. 내가 직접 당사자에게 확인한 적은 없으니 가능성일 뿐이다. 그러나 실제로 다른 기관과 책방에서 동일한 강사와 프로그램을 통째로 섭외하는 일도 놀랍지만 꽤 있다.

얼마 지나지 않아 한 작가분이 나에게 또 자신의 핸드폰을 들이밀었다.

"사장님, 여기 알아요? 여기 사장님이 말하는 거랑 너무 비슷해요."

내가 책방을 하는 이유, 책방을 하는 마음은 이미 다른 책이나 여러 매체의 글을 통해 밝힌 바 있다. 그것을 읽은 독자나 책방을 종종 드나드는 사람은 내가 자주 쓰는 단어나 문장, 책방의 방향성을 익히 알 것이다.

"책을 좋아하고 책방을 좋아하는 사람이라면 누구나 할 수 있는 말이기는 해요."

"그래요? 그래도 너무 비슷한데요. 맞든 아니든 기분은 나쁘네요."

"맞아요. 그래도 기분은 좋지 않아요."

나 대신 성 내주는 사람이 있어 숨겨왔던 내 마음이 튀어나왔다. 말하며 우리 둘은 웃다가 씩씩거리다가 다시 웃었다. 사실 알 수 없는 일이다. 오해는 쉽고 진실은 어려우니까.

책방에서 하는 모임과 프로그램의 경우 90퍼센트는 내가 직접 기획한다. 주제, 프로그램의 이름과 차시, 참가비, 운영 방식 등을 대략 세우고 강사에게 제안한다. 이후 강사가 세부 커리큘럼을 짜고, 모객하고 운영한다. 90퍼센트라고 말한 이유는 프로그램과 커리큘럼을 이미 가진 강사와 책방 협업으로 진행하는 일도 있기 때문이다. 내가 책방 프로그램을 애정하고 자부심을 느끼는 건 이런 이유에서다. 물론 잘 만들어져 몇 년간 지속한 것도 있고 한두 번 만에 사라진 것도 있다. 모두 시도와 시행착오가 있었고 지금도 매일 시도하고 실패한다.

설령 잘 되어 보이는 누군가의 것을 카피하여 내 것처럼 보이게 했다고 하자. 그것을 얼마나 지속할 수 있을까. 자신의 오리지널리티originality라고 당당히 말할 수 있을까. 오리지널리티는 사전적 의미로 '원작으로서의 예술의 독창성과 신선함을 가지는 것'을 말한다.

책방의 오리지널리티란 무엇일까. 책 한 권도 콘텐츠고 책방 하나도 하나의 콘텐츠가 된 시대다. 난 책방의 오리지널리티란 책방의 '분위기'라고 생각한다. '아, 그 책방에 가면 그 책이 있을 거야' '이런 책, 책방이랑 잘 어울린다' '역시 이런 모임은 여기랑 맞지' '이 노래 들으면 그 책방이 생각나' 같은 것들 말이다. 그렇다고 나의 책방이 잘나고 잘한다는 말은 아니다. 아직도 부족하고 어설픈 일이 많다. 다만 오리지널리티를 갖기 위해 매일 애쓴다는 것뿐.

　독립출판물과 큐레이션 한 책을 판매하는 독립서점은 더는 블루오션이 아니다. 책은 돈이 안 된다, 책방은 돈을 못 번다, 어렵다 어렵다고 하는 중에도 독립서점의 수는 매년 많아지고 있다. 물론 개점만큼 폐점도 많지만, 숫자상 많아지는 게 사실이다. 현재 전국 곳곳에서 운영 중인 독립서점은 600곳(2022년 기준)이 넘는다. 책방 연희 개점 전이던 2016년에는 전국 200곳이 안 되었고 2017년에는 300여 곳이 안 되었다. 그런데 9년 만에 세 배 이상 증가했다니.

　아마 루이스 버즈비Lewis Buzbee가 《노란 불빛의 서점》에서 지금의 (대형)서점이 대체로 매력이 없는 건 삐딱함도 없고 악명도 없고 모두 익명 속에 묻힌 친절하고 조용한 공간이기 때문이라고 했다. 독자는 사라진 매력을 찾아 작은 책방을 찾기 시작했다. 하지만 숫자의 증가 추세만큼 독자의 증가율이 따라가지 못하는 게 사실이다. 현재는 독립서점을 좋아하는 독자가 이 책방에서 저 책방에서 여러 책방에서 책을 사고, 모임에 참여한다. 서가도 비슷, 인테리어도 비슷, 소개하는 책도 비슷, 모임도 비슷… 책방에서 북토크를 하거나 글쓰기 모임을 하는 것도 더는 특별하지 않다면? 절대 경쟁력이 없다.

더군다나 현재 나의 책방이 위치한 서울시 마포구는 전국에서 가장 책방이 많이 밀집한 곳이다. 이름난 대형서점만 해도 세 곳이고 독립서점은 50곳이 넘는다. 서울시에 위치한 독립서점을 약 260개로 추산(2024년 5월 〈동네서점〉 기준)하니 약 20퍼센트가 마포구에 있다. 밀집되어 있다는 건 무조건적인 절대 경쟁이라는 의미는 아니다. 친구 책방을 만들 수 있다는 것, 지역에서 책방 문화에 관심이 있다는 것, 크고 작은 책 문화 행사가 열리거나 열 수 있다는 장점이 있다. 단점은 다른 책방과 비교당한다는 것. 인테리어는 어떻고 모임은 어떤 게 열리고 사장님의 친절도는 어떤지 나도 모르게 비교당한다.

　경쟁이 나쁜 것만은 아니다. 자본주의 세상이니 어쩌면 경쟁은 내가 좋든 싫든 당연한 일이다. 책방도 마찬가지다. 다만 앞서 쓴 것처럼 독립서점의 경쟁상대가 독립서점이라고 생각하지 않는다. 한 책방 매출이 증가한다고 옆집 책방 매출이 감소하는 제로섬 게임이 아니니까.

　영국의 경제학자 프리드리히 하이에크Friedrich Hayek는 자본주의를 "다른 사람이 원하는 무언가를 주지 않는 이상, 그 대가를 얻을 수 없는 체제"라고 정의했다. 결국 자본주의에서 책방으로 성공 아니 성공까지도 아니라 지속 운영하려면 사람들이 원하는 무엇을 줘야 한다. 이 사람들이 원하는 무엇이 사람을 끌고 돈을 버는 '가치'가 된다. 그러니 남들이 하는 것 말고 내가 잘할 수 있는 것, 내 책방의 강점을 찾아야 한다. 경험을 통해 감각을 쌓아야 한다. 이것이 쌓이면 책방의 오리지널리티가 단단하게 된다.

　자본주의 사회에서는 개인은 모두 대체가 가능하고, 사회의 한낱

* 김동식 작가와 함께한 북토크

부품일 뿐이라는 인식이 있다. 하지만 이 작은 책방 안에선 조금 다르다. 돈으로 책을 사고 돈으로 강사나 작가를 섭외하고 돈으로 홍보하지만, 자본으로 대체할 수 없는 것이 있다. 바로 책방 운영자와 책방 분위기다. 작은 독립서점은 책방 운영자에 따라 분위기가 달라질 수밖에 없다. 독립서점마다 모두 다른 분위기를 가진 이유다.

다시 생각해보자. 독자와 손님이 독립서점을 찾는 증가율이 낮다는 건? 증가할 기회가 있다는 것. 그렇다면 오리지널리티를 찾은 책방이라면? 오리지널리티를 만들고 있는 책방이라면? 독자들이 알아봐줄 것이다. 그러니 오리지널리티를 만들고 있다면? 무소의 뿔처럼 나아가도 괜찮다.

#독서모임을 꼭 하는 이유

작은 책방에서 가장 많이 하는 활동은 독서모임이다. 나의 책방도 처음 문을 연 후 가장 많이 시도한 것도, 실패한 것도, 변화를 겪은 것도 모두 독서모임이다. 독서모임은 온라인, 오프라인으로 나뉘어 그 안에서 책방의 성격이나 운영자의 성향, 모임의 리더에 따라 매우 다른 모습으로 운영된다.

내 기억 속 나의 첫 독서모임은 중학교 때다. 토요일도 학교에 가던 때였는데, 한두 개의 수업과 CA라고 부르는 특별활동을 주로 했다. 가끔은 영화관이나 인근 어딘가로 현장 학습도 갔다. CA로 독서회를 시작했고 독서회에서 토요일마다 책을 읽거나 영화를 봤다. 이후에는 대학교와 대학원에서는 스터디모임에서 전공서와 전문서를 읽고 토론하는 형식의 독서모임에 참여했다.

진짜 첫 번째 독서모임은 직장생활을 하며 당시 문래동에 있던 출판사 겸 독립서점인 '청색종이'에서 리더로 참여한 모임이다. 1년 반 넘게 모임을 운영했고 책방을 열고 나서까지 지속했다. 그러다 나의 책방에서도 독서모임을 열면서 중단했다. 모임은 다른 보통의 모임처럼 같은 책 한 권을 읽고 감상을 나누는 평범한 형태였다. 그러나 이 1년 반의 시간은 책으로 이야기하는 일에 많은 영향을 끼쳤다.

수많은 책방이 있고 책방 외에 도서관에서 지역 커뮤니티에서 독서모임은 셀 수 없이 존재한다. 가장 특별한 독서모임이 되진 못하더라도 차별화된 '무엇'이 필요했다. 나의 책방에선 여러 실패를 건너며 때때로 혹은 자주 운영하는 독서모임은 몇 가지 형태로 정리된다.

첫 번째로 작가 읽기 모임이다. 한 작가의 모든 책을 읽는다. 내가 좋아하는 작가 중 같이 읽고 생각할 만한 이야깃거리가 있는 작품을 쓴 작가를 선정했다. 《멋진 신세계》의 올더스 헉슬리Aldous Huxley, 《이방인》의 알베르 카뮈Albert Camus, 《변신》의 프란츠 카프카Franz Kafka, 《아케이드 프로젝트》 발터 벤야민Walter Benjamin 등이다. 이들을 좋아하거나 관심 있는 사람들이 모인다.

두 번째로 편집자와 함께 읽기다. 어쩌면 작가보다 더 그 책을 잘 아는 사람은 편집자일지 모른다. 책 이야기, 책을 만든 이야기, 독자가 알 수 없는 작가 이야기 등 숨은 이야기를 듣는 재미가 쏠쏠하다. 한 번 만나는 일회성 모임으로 진행되며 문학보단 비문학이, 국내 작가보단 해외 작가의 책이다.

세 번째는 온라인 독서 챌린지다. 책을 깊이 읽고 토론하는 것보다 책을 읽는 행위와 완독하는 기쁨을 알게 하는 게 목적이다. 오픈 채팅방을 통해 매일 읽은 분량과 인상적인 문장을 공유하고 매주 한 번 개인 SNS로 주어진 미션을 인증한다. 온라인 독서 챌린지의 첫 번째 책은 책의 역사와 모든 서사를 다룬 이레네 바예호Irene Vallejo의 《갈대 속의 영원》이었다. 출판사 '문학동네'에서 운영하는 온라인 독서 플랫폼 〈독파〉에서도 책방메이트로 3년 넘게 함께 모임을 꾸렸다. 2024년 상반기에는 '여성과 도시'라는 주제로 3개월간 세 권의 책을 읽었고, 하반기에는 독서플랫폼 〈그믐〉과 온라인 모임을 준비

중이다.

네 번째는 정기적으로 운영하는 독서모임인 월간독서다. 책방에서 가장 오래 정기적으로 운영하는 형태다. 매월 한 권의 책을 읽고 발제문을 중심으로 온라인 화상채팅으로 이야기를 나눈다. 이 모임에서 가장 고민하는 건 책 선정과 발제문 작성이다. 발제문은 이야기가 다른 곳으로 흘러가도 다시 돌아오게 하고, 꼭 생각해볼 이야기와 기억해야 할 것을 놓치지 않게 한다. 문학, 비문학, 미술과 문학, 여성과 도시 등 다른 주제로 책을 골라 읽고, 정기적으로 운영되는 주제는 현대를 살아가는 우리를 위한 문학처방전이다. 현대문학과 고전문학을 읽으며 문학 속에서 나를 발견하고 일상 속에서 문학적 순간을 발견한다.

우리가 책을 읽어야 하는 이유, 책방이 책을 읽는 경험을 만들어야 하는 이유는 수없이 많다. 약 6분간의 짧은 독서에도 스트레스가 약 68퍼센트 감소하는 것은 물론 우울증에도 효과가 있다는 연구도, 자기 치유 능력이 있다는 연구 결과도 있으니까. 그렇다고 책방에서 독서모임을 꼭 해야 할까? 왜 해야 할까? 독서모임은 책을 좋아하고 많이 읽는 운영자라도 준비시간이 많이 들고 모임 수익도 적다. 그런데도 많은 책방에서 꾸준히 독서모임을 하는 이유는 뭘까?

내가 생각하는 첫 번째 이유는 새로운 독서 경험을 만들기 위해서다. 누군가는 '책은 혼자 읽으면 되지, 돈을 내면서 함께 읽는 이유가 뭐야?'라는 의문이 들 것이다. 독서란 게 무척 정적으로 보이지만 매우 동적인 행위다. 직접 책장을 넘기고 생각해야 한다. 넘기지 않으면 이야기는 멈추고 생각하지 않으면 눈앞에서 사라진다. 더구나 열심히 읽어도 며칠 아니 몇 시간 후면 사라진다. 이에 함께 읽고 나누면 오래 기억되고 내 것으로 만드는 무엇이 생기는 까닭이다.

두 번째 이유는 새로운 독자를 확보하기 위해서다. 모임은 무료부터 회당 3만 원까지 책정되어 운영된다. 책방 연희는 대체로 회당 1만 5000원 정도 받는다. 열 명이 참가하고 직접 운영하면 15만 원의 매출이 생긴다. 책을 읽고 모임을 홍보하고 참가자를 모집하고 발제문을 준비하고 두 시간 남짓 모임을 운영하는 데 적정한 비용일까. 한 시간 최저임금이 1만 원이 채 안 되니 15시간가량 일한 것이니 '시간=수익'으로 계산해도 되는 걸까. 이마저도 모임을 직접 운영하지 않는다면 대부분 모임 리더에게 사례비로 지급된다. 당장 수익이 나지 않더라도 다음 모임, 다른 모임, 다른 책의 참가자와 독자로 이어질 수 있다. 책방 밖의 사람을 책방 안으로 끌어오는 일보다 책방 안에서 만난 사람을 다시 오게 하는 일이 더 수월하다. 작은 책방은 일명 단골이 있어야 한다. 책을 한 권씩 사는 사람 백 명보다 책 열 권을 사는 열 명의 독자가 책방에 필요하다고 생각한다.

마지막으로 내가 독서모임을 하는 이유는 개인적인 이유도 있다. 바로 나의 책 읽기와 쓰기를 더 깊게 하기 위해서, 타인의 책 읽기와 쓰기에 영향을 주기 위해서다. 《갈대 속의 영원》에는 독서클럽이 유럽연합의 탄생으로 보는 내용처럼, 난 책 읽기가 세상을 바꿀 수 있다고 믿는다. 내가 세상에서 할 수 있는 가장 선한 일은 사람들에게 책을 읽으라 권하고 함께 읽는 것이다.

#동네서점 에디션은 책방에 도움이 될까

동네서점 에디션은 대형서점과 온라인 체인서점에서 살 수 없는 책이다. 2017년 여름, 민음사가 그 시작이었다. 김승옥의《무진기행》과 다자이 오사무Osamu Dazai의《인간실격》을 동네서점 에디션으로 출간하여 전국 동네서점에서 금세 소진되었다. 다음 해 김수영 시인 50주기를 기념한 시집《달나라의 장난》과 피천득 수필 선집《인연》이 표지와 디자인을 전면 새로 제작한 개정판 '동네서점 에디션'으로 출간됐다. 두 책은 전국 90곳의 동네서점에서 선주문으로 3000세트가, 출간 이후 1000세트가 더 팔렸다. 나의 책방에서도 수십 권이 판매되었고, 품절 이후에도 1년 넘게 판매 문의가 왔다. 고전이라 이미 많이 읽힌 책임에도 새 옷을 입고 독자의 향수를 자극했고, 예쁘고 소장가치가 있는 책을 선호하는 젊은 독자의 호기심을 끄는 데 성공했다.

같은 해 문학동네에서《젊은 작가상 수상작품집》을 동네서점 에디션으로 내놓았고, 김영하, 김연수, 배수아 등 유명 작가의 단편소설을 동네서점 운영자의 투표로 작품을 꼽아《동네서점 베스트 컬렉션》이란 이름으로 묶어냈다. 참여한 동네서점 역시 자신이 꼽은 작품이 실린 책에 애정이 더 갈 수밖에 없다. 나 역시 책방 운영자로 작품을 읽고 투표에 참여했고 책이 출간된 후에 열심히 홍보해 책을

팔았다. 책방 이름이 쓰인 페이지를 사진 찍어 올리기도 했다. 이런 몇몇 사례가 쌓이면서 작은 동네서점이 모이면 대형서점보다 더 큰 판매 파워를 가질 수 있다는 걸 입증했다.

그래서일까. 이젠 동네서점 에디션이란 이름이 붙은 책을 자주 보게 된다. 처음에는 동네서점 에디션을 통해 작은 책방을 찾는 독자의 저변이 넓어지고 다양해지고 동네서점만의 콘텐츠가 구축되는 듯 보였다. 판매도 꽤 잘되어 책방 수익에도 도움이 되었다. 그러나 동네서점 에디션과 더불어 동네서점에서만 만날 수 있는 증정품이나 친필사인본이 자주 유통되면서 단골 독자들과 운영자들은 '과연 이게 동네서점 에디션인가?' '어디까지가 에디션이라 붙여도 되는가?' 의문을 갖게 되었다.

2022년 겨울, 한 작은 책방에서 대형출판 그룹을 향해 쓴소리를 했다. 동네서점 에디션이 동네서점을 위한 일이라면서 10부 이상만 주문이 가능하다는 이유다. 작은 책방에서 같은 책 10부를 판매하기란 꽤 어려운 일이다. 한 책을 10부 이상 판매하면 그 책은 그 책방의 베스트셀러에 오를 정도이니 말이다. 물론 계속 그런 건 아니다. 얼마간 시간이 지나면 최소 부수 상관없이 다른 책과 섞어 주문할 수 있다. 하지만 에디션이나 친필사인본은 애독자와 작가의 팬이 판매 대상 1순위인 만큼, 입고 시일이 늦어지면 판매되지 않고 책방의 애물단지가 될 수 있다. 팬은 이미 다른 책방을 향해 떠난 후니까.

나도 처음에는 동네서점 에디션이라 붙은 책은 일단 두말없이 입점했지만, 재고 소진의 어려움을 몇 차례 겪고 총판에서 들이는 일반본 공급률보다 높다는 걸 알고 나서, 동네서점 에디션을 들이는 기준을 마련했다.

먼저 '진짜' 동네서점 에디션인지 살핀다. 동네서점 에디션이라면 당장 팔리지 않아도 천천히 모두 소진된다. 희소성도 있거니와 책방의 특별한 콘텐츠가 된다. 두 번째는 표지만 다른 동네서점 에디션은 고민한다. 최근에는 유명 베스트셀러 소설이나 에세이의 경우 특별 리커버판이 나온다. 아예 처음 발행할 때 동네서점 유통본과 일반서점 유통본의 표지를 다르게 제작하는 책이다. 이땐 좋아하는 작가이거나 주제일 경우만 입고한다. 대표적으로 신형철 평론가의《인생의 역사》와 무라카미 하루키Haruki Murakami의《도시와 그 불확실한 벽》이 그랬다. 일반본은 총판에서, 동네서점 에디션은 출판사에 직접 주문해 판매했다. 세 번째로 친필사인본은 두 번 세 번 고민한다. 재고 중 가장 힘든 책이 친필사인본이다. 특히 대부분 사인에 날짜를 적는데 이 시점을 넘기면 판매가 어렵다. 작가의 팬이 아니고서는 몇 달 지난 날짜가 적힌 책을 구매하지 않는다. 마지막은 동네서점용 증정품을 끼워주는 책이다. 증정품을 빼고 책만 살핀다. 작은 책방을 찾는 독자는 증정품 때문에 책을 구매하지 않는다. 진짜 아주 특별한 증정품이 아닐 경우 판매에 큰 쓸모가 되진 않는다. 물론 책을 구매한 손님에게 "선물이에요"라고 주면 모두 좋아하지만.

나의 이런 고민이 모두에 통하는 것은 아닐 것이다. 나 역시 어떨 땐 고심하여 주문한 책이 판매되지 않아 책방 한켠에 아직도 남아 있고, 어떨 땐 충분히 주문했다고 생각했는데도 없어서 못 팔거나, 그 책은 안 팔릴 거라 생각했지만 여러 번 추가 주문을 한다.

그래서 동네서점 에디션은 동네서점에 도움이 될까? 결론은 '어쨌든' 도움이 된다. '특별한 경험'을 만들고 판매하는 콘텐츠의 일부가 된다. 다만 어떤 에디션을 고르고 어떻게 소개하고 어떻게 판매할지는 운영자의 몫이 되었다. 이제 더는 동네서점 에디션이란 이름으로만 판매되는 때는 지났으므로.

#책방 에디션을 직접 만들다

오늘도 '책이 좋은 이유' '책방을 하는 이유' '책방의 목표'가 무어냐는 질문을 들었다. 책방을 시작할 때 별다른 목표는 없었다. 꿈이 아니라서 목표가 없었던 게 아니다. 난 원래 큰 목표, 장기적인 목표를 세우지 않는다. 거창한 목표를 세우면 실패하는 기분이 들고 더 힘이 나지 않는다. 작은 목표를 점마다 세워 깃발 뽑기를 하듯 해나가는 편이다.

책방도 마찬가지다. 운영하다 보니 작거나 가까운 목표가 생긴다. 그중 하나가 책방의 '단독 에디션'을 만드는 일이었다. 어떻게 보면 작고 어떻게 보면 큰 목표였다. 단독 에디션이란 내 책을 쓰거나 독립출판을 하는 일과는 다르다. 대형 출판사에서 출간하는 동네서점 에디션과도 다르다. 이미 시장성을 확보한 작가의 책이라고 해도, 같은 책이 대형서점에서 판매되고 있는데 나의 서점에서 책을 살까? 독립출판이 아닌데도 이 작은 책방을 찾아서 살까?

실제로 몇몇 책방의 단독 에디션이 나왔을 때 놀랍고 부러웠다. 그리고 내 책방에서 몇 권을 팔면 만들 수 있을까 궁금했다. 몇몇 출판사에 물어보니 평균 1000부면 단독 에디션 제작이 가능했다. 대량 구매인 매절로 계산하여 공급률은 60에서 65퍼센트다. 책 정가가 1만 6800원일 경우 60퍼센트 공급률로 1000부면 1000만 원이 넘는다. 한 번에 책을 구매하기에는 큰 금액이거니와, 1000부를 쌓아 둘 공간도 부족하다. 더구나, 내 책방에서 혼자 1000부를 팔 수 있을까? '1000명의 팬을 만들어라, 상위 20퍼센트의 사람이 전체 매출의 80퍼센트를 차지한다'는 말이 있다. 1000명이 모두 한 권씩 같은 책을 사는 책방. 나의 책방은 그런 책방은 아니다. 그래서 2~3년 정도 단독 에디션을 잊고 있었다.

그러다 〈책 읽다가 절교할 뻔〉 뉴스레터를 함께 발행한 박훌륭 작가의 '아직 독립 못 한 책방'에서 책방 5주년 기념으로 조르주 페렉 단독 에디션을 만들 거라는 소식을 들었다.

"나도 같이하고 싶어요!"

대중적이진 않지만《공간의 종류들》을 통해 좋아하게 된 작가였다. 제작 부수도 200~300부로 큰 부담이 없을 듯했다. 그런데 우연히 같은 출판사에서 조르주 페렉의 책 전에 알베르 카뮈의 책을 준비한다는 소식을 들었다. 알베르 카뮈라니!

"우리 알베르 카뮈 책도 에디션 제작하면 안 돼요?"

"출판사에서 부담이 있을 수도 있어요. 조르주 페렉 책도 제작 단가가 많이 드는 책이라서요."

"그럼 500부쯤 제안해보면 어때요? 카뮈면 팔 수 있지 않을까요?"

출판사 대표는 그렇지 않아도 마음에 드는 표지 안이 두 개라 고민 중이었다고 했다. 책 만들기의 새로운 장을 열어줘서 고맙다는 말도 전해왔다. 그렇게 첫 번째 단독 에디션을 만들게 되었다. 그것도 내가 좋아하는 작가 알베르 카뮈의 아름다운 산문《결혼·여름》으로.

에디션은 '아연실색 에디션'이란 이름으로 제작되어 유통했다. 아

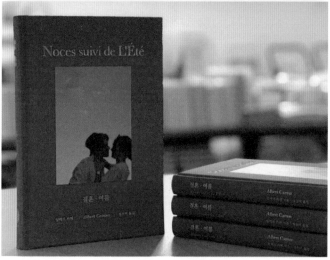

연실색 에디션이란 '아독방과 책방 연희의 실감 나는 색'이라는 뜻으로 두 책방만의 색을 녹여냈다는 뜻이다. 에디션 제작 과정을 가까이에서 보고 함께 홍보하고 행사를 준비하며 내 책을 만드는 기쁨만큼이나 즐거웠다. 책은 사전 예약을 통해 일주일간 200부가 판매되었고, 3주 동안 500부 모두 소진되었다. 큰 성과인지 작은 성과인지는 모르겠다. 다만 책방을 응원하는 독자들의 숨은 마음을 확인했달까. 단지 알베르 카뮈를 좋아해서, 그 책을 읽고 싶어서 불편한 예약 과정으로 책을 먼저 구매하진 않았을 테니까. 그렇게 작고도 큰 성과를 가지고 조르주 페렉의 《보통 이하의 것들》을 두 번째 아연실색 에디션으로 만들었고, 2주 만에 500부 전부 소진되었다.

둘 다 소설이었다면 쉽게 결정하지 못했을 테다. 에세이는 작가의

생애와 작품, 삶에 관한 태도와 가치관이 들어있다. 이미 작가를 좋아하는 독자와 소설을 읽어본 독자, 관심이 적은 독자까지 읽을 수 있다고 생각했다. 더구나 아름답게 만들어진 책이므로 그 물성에 투자했다. 몇몇 작은 책방에서 함께 판매하고 싶다고 연락을 주었다. 《결혼·여름》은 아독방과 책방 연희 외 전국 열 군데의 책방에서 소개되었고,《보통 이하의 것들》은 그보다 많은 책방이 함께했다. 단독 에디션으로 출발한 책은 진짜 동네서점 에디션이 된 것이다. 세 번째 에디션으로는 사노 요코Yoko Sano의 에세이를 준비 중이다.

에디션 제작이 계속 이어지길 바라지만 진짜 책방 연희의 에디션 인지 고민이 생겼다. 출판 과정을 옆에서 지켜봤지만, 그 과정에서 책방으로서 할 수 있는 건 적었다. 책 만드는 사람에게 새로운 지평의 선을 조금 열어주고 독자에게 즐거운 경험을 선물했다고 해도 아쉬움이 남는 건 사실이었다. 두 번째 에디션을 만들 때 우연히 가진 식사 자리에서였다. '최인아책방'과 함께 책방의 역할과 권리를 찾으면서 독자를 즐겁게 할 수 있는 일을 꾸미기로 했다. 진짜 동네서점 에디션을 만드는 것. 출판사에 의존하지 않고 책방의 힘으로.

이름하여 '동네서점이 만드는 동네서점 에디션 리커버' 프로젝트. 다섯 개의 동네서점이 모두 함께 읽어도 좋은 책 다섯 권을 꼽는다. 이 책들은 베스트셀러도 인기 저자의 책도 아니다. 그러나 많은 사람이 읽었으면 하는 책이다. 난 에리히 프롬Erich Pinchas Fromm의《우리는 여전히 삶을 사랑하는가》와 라이너 마리아 릴케Rainer Maria Rilke의 《젊은 시인에게 보내는 편지》, 김현경의《사람, 장소, 환대》를 추천했다. 각자 세 권의 책을 추천하여 두 번의 투표를 거쳐 다섯 권의 책을

오로지 서점 에디션

오직 책을 통해 만날 수 있는 경험을 위하여,
대한민국 곳곳에서 살아가는 동네 서점들이 모였습니다.
5곳의 서점에서 선정한 5권의 도서는
특별 리커버 표지를 입고 새롭게 독자를 만납니다.
오로지 다섯 서점에서만 만나볼 수 있는
'오로지 서점 에디션'을 시작합니다.

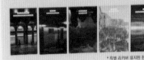

* 특별 리커버 표지만 한정 판매

디자인 | 이해인 디자이너
사진 | 김성주 사진작가
기획 | 최인아책방 X 책방연희
참여책방 | 최인아 책방 / 책방 연희 / 우분투북스 / 문우당서림 / 책방 소리소문

최종 선정했다. 그런 과정 끝에 《우리는 여전히 삶을 사랑하는가》, 《전략가, 잡초》, 《슬픔을 공부하는 슬픔》, 《사람, 장소, 환대》, 《명랑한 은둔자》가 새 얼굴을 하고 새로이 태어났다. 얼굴도 다르고 책을 고른 이유도 모두 다르지만, 이 마음은 똑같다. 새로이 태어난 다섯 권의 책이 더 많은 독자를 만나길 바라는 마음.

시즌 2로 다시 전국 열 곳의 서점이 모여 다섯 권의 책을 선정했다. 《나의 팔레스타인 이웃에게 보내는 편지》, 《불안의 서》, 《삶을 견디는 기쁨》, 《아름다움의 구원》, 《타인의 기원》이다. 표지도 독특한 종이와 디자인으로 출판사에선 하기 힘든 실험도 했다.

"제가 만든 책도 뽑혔으면 좋았을 텐데요."

어느 출판 편집자가 열 권의 책을 보고 내심 부러운 듯 말했다. 자신이 만든 책이 뽑혔다면, 동료 편집자가 생긴 기분일 거라 했다.

"혹시 모르죠. 내년에 뽑힐지도?"

"오! 내년에도 해요? 계속해요."

"많이 팔려야 계속할 텐데요."

"이건 팔리는 부수로 재면 안 되죠. 책방 운영자가 직접 만든 책인데요. 그것도 마음으로. 이런 건 후원을 받아서라도 계속하면 좋은데. 일단 제가 조금이라도 투자할게요!"

자신의 돈을 보태어서라도 계속되길 바란다는 그의 말에 눈물이 찔끔 났다. 돈의 액수가 아니라 마음의 수가 너무 커서.

"책을 사주세요. 누군가 계속 찾는다면 어떻게든 해볼게요."

그렇게 덜컥 약속을 해버렸다.

#책값이 비싸서 책을 안 읽습니다?

독립서점이 많아진 이유로 몇 가지를 든다. 독립출판을 포함한 출판의 다양화, SNS 기반의 온라인 네트워크의 일상화, 그리고 도서정가제를 빼놓을 수 없다. 사실 도서정가제로 인해 출판의 다양화가 시작되었는지도 모른다. ISBN이 없는 독립출판의 경우 도서정가제에 포함되지 않아 독립출판물 중심의 책방은 이 논의에서 제외되겠지만, 아예 영향이 없다 할 수도 없는 듯하다. 작은 책방 문화, 독립서점 문화는 한두 서점이 만드는 것이 아니기 때문이다.

2010년대 초반까지만 해도 도서전에서 책을 한 상자씩 사는 일을 쉽게 볼 수 있었다. 대형서점도 연말이나 특별한 날이면 관련 책을 쌓아두고 할인 판매하며 독자의 손을 무겁게 했다. 지금은 도서전에서도 대형서점에서도 한 꾸러미씩 책을 사는 사람을 찾아보긴 힘들다. 물론 무거운 책을 들고 갈 필요 없는 온라인 배송 서비스가 있거니와, 지금 당장 사둘 만큼 책을 할인하여 판매하는 일이 없기 때문이다. 이는 도서정가제 시행 때문이다.

도서정가제는 책값의 과열 인하 경쟁과 중소출판사와 전문 분야 출판사의 도서 출간 위축을 막기 위한 제도다. 처음 제도가 마련된 건 2003년 2월부터였다. 같은 해 온라인 서점은 출간 1년 이내의 신간을 10퍼센트 가격 할인으로 제한하고 1년이 지난 책은 할인 퍼센트의 제한이 없었다. 2007년 10월부터 시행된 출판문화산업진흥법이 신간을 18개월 이내의 서적으로 보았고 오프라인 서점에서도 할인이 가능하도록 할인의 폭을 넓혔다. 이후 지금과 같은 제도가 마련된 건 2014년 11월부터다. 모든 도서를 책값의 10퍼센트 할인 가능, 포인트 등으로 5퍼센트 간접 할인이 가능하도록 했다.

"책 10퍼센트 할인을 해야 할까요?"

책방을 열거나 여는 중에도 고민하는 운영자가 많다. 나의 책방에선 특별한 상황일 때를 제외하곤 항상 정가로 판매한다. 하지만 대형서점은 10퍼센트 할인에 5퍼센트 적립, 당일 배송까지 하니 고민이 될 것이다. 나도 책방을 열 땐 그랬다. 지금은 지금의 도서정가제가 바뀌지 않는 한 10퍼센트 할인 판매는 하지 않을 것이다. 10퍼센트 할인을 안 해줘서 책을 안 산다면 다음에 또 나의 책방에 올 독자는 아니라고 생각한다. 작은 책방에서 책을 사는 독자는 책방에 오는 길부터 책방에서 책을 고르는 순간, 책을 추천받거나 짧은 다정한 대화를 나누는 시간까지, 모두 독서의 경험으로 여긴다.

나 역시 책방을 계속 운영해도 될지 안 될지를 선택하는 고민에 도서정가제는 영향을 끼친다. 이 고민은 월세 계약 갱신 시점인 2년과 맞물릴 때면 더 커진다. 도서정가제는 3년마다 재논의되는데 매번 매우 시끄럽다. 제도 정착 이후 서점 수는 물론 출판사 수와 발행 종수 등이 모두 확대되는 게 숫자로 보임에도 매번 도서정가제 폐지 논의가 이뤄진다.

"책값이 비싸서 책을 안 읽습니다!"

책값이 싸지면 책을 많이 사고 독자가 늘까. 유튜브와 넷플릭스와 웹툰과 웹소설과 경쟁하는 종이책인데. 책을 안 사고 책을 안 읽는 게 정말 책값 때문일까. 커피 한 잔과 케이크 한 조각 값은 비싸지 않고 책 한 권 값은 비싼 것일까. 지역서점은 도서정가제가 도움 되지 않는다는 의견도 있다. 오프라인 서점에서의 도서 매출 침체가 책값 할인이 안 되어서일까. 인구 소멸도시는 늘어나고 책을 구매하는 독자가 대도시에서 생활하는 데 지역서점 폐업과 침체가 도서정가제 때문일까.

"공공도서관의 도서 구입 부수가 감소했어요."

도서 예산 편성은 어떠한가. 작은 도서관은 독서실로 만들고 출판과 독서문화를 포함한 책문화 예산이 감소하면서 책값이 비싸져서 과연 도서 구입 부수가 감소했다고 말할 수 있는지 의문이다.

"창고에 쌓인 책 때문에 출판사가 망합니다."

창고에 쌓인 책을 할인하여 판매하면 출판사의 매출은 늘 것이다. 처음 책값을 정할 때 기분에 따라 정한 것은 아닐 테다. 종이값, 인쇄비, 인건비, 유통료 등을 계산해 적정하게 계산했을 것이다. 물론 예상보다 아주 적게 책이 팔려 매일 나가는 창고비가 손해일 수는 있다. 그러나 책의 콘텐츠는, 디자인은, 마케팅은, 시의성은? 다른 판매 저하 요인은 정말 없는 걸까.

난 지금의 도서정가제가 어느 정도 합리적이라고 생각한다. 물론 세트로 묶어 할인하여 팔거나, 이벤트성으로 특정 플랫폼에서 할인하여 파는 틈은 있지만, 어디 완벽한 제도가 있을까. 그렇다면 어떤 틈에도 작은 책방이 문을 닫지 않으려면 어떤 게 필요할까? 책방 운영자가 유명인이 되는 것? 생일책, 블라인드북 등 새로운 방식으로

* 책 표지와 내용을 가리고 대표 문장을 적은 '문장 블라인드북'

책을 파는 것? 인스타그램 성지가 되어 사람들의 이목을 끄는 것? 모든 게 일부 매출 증진에는 도움이 되겠지만 해결책은 아니다.

먼저 출판계가 나서 도서 공급률을 살펴주면 좋겠다. 현재 출판사는 온라인서점에는 책값의 50~60퍼센트로, 오프라인 대형서점에는 60~65퍼센트로, 작은 서점에는 70퍼센트 정도로 납품한다. 75~78퍼센트도 꽤 있다. 책의 예상 판매 부수나 매출, 유통 플랫폼에 따라 책값이 달라진다. 그러니 할인도 포인트도 차이가 나고, 어떤 책은 10퍼센트 할인하여 팔면 손해가 난다.

독자들도 책값은 책값으로 봐줘야 한다. 10퍼센트 할인되면 할인 가격으로 사서 알뜰한 기쁨을 느껴야 하는데, 지금은 할인된 가격을 책값이라 생각하는 사람도 꽤 있다. 나의 책방에서도 당연하다는 듯 "10퍼센트 할인가죠?"라고 묻거나 "왜 10퍼센트 할인 안 해줘요?"라고 따지는 손님을 만난다.

마지막으로 책방 운영자는 그럼에도 책방을 책 중심으로 꾸려야 함을 잊지 않았으면 하고 감히 생각한다. 제도나 정책, 시류가 따르지 못한다고 한탄만 할 수는 없다. 가만히 앉아있는데 책이 마구 팔릴 일은 일어나지 않을 것이다. 책방이 진지하거나 고상할 필요는 없지만, 책이 인테리어 소품으로 남으면? 책방의 기능은 상실했음이다.

#귀한 책방에 누추하신 분이

"너 내가 누군지 알아?"

사람들은 자신의 존재를 증명하려고 애쓴다. 자기 자신에게도 증명되지 않은 존재를 타인에게 뽐내고 싶어 한다. 가장 많은 증명의 형태는 큰 목소리로 자신을 과시하는 것. 회사생활에서도 종종 마주하는 형태의 사람이었다. 공기관이나 기업은 이들을 민원인이라 부른다. 자신은 민원을 넣을 권리가 있고 자신이 넣은 민원이 더 나은 사회와 당신을 만들 거라 생각하는 민원인.

민원이라 함은 사전적 의미로 '주민이 행정 기관에 대하여 원하는 바를 요구하는 일'이다. 원하는 바라니. 돈으로 상품을 사고 서비스를 사고 공간을 사고 분위기를 사는 자본주의 사회의 경제구조에서 자신이 원하는 바를 얻으려면 돈이든 시간이든 무엇을 치러야 한다. 행정 기관에 대한 민원은 시민으로서 세금을 내므로 가능한 일이고, 백화점이나 대기업의 경우 손님이었거나 예비 손님이라는 이유로 가능한 일이다. 그러나 가능하다는 이유로 막말과 고성, 생떼를 동반한 민원이 적지 않았나 보다. 결국 2018년 10월부터 고객 응대 과정에서 일어날 수 있는 폭언, 폭행으로부터 자신을, 직원을 보호하기 위한 감정노동자 보호법이 시행됐다.

그런데 민원인은 작은 책방에도 나타난다. '손님은 왕이다'라는 말

때문인지 자신의 무례한 요청이 권리라 생각하는 사람이 많다. 지금 시대에는 어울리지 않는 말이라지만 여전한 사람들이 존재한다. 특히 책방은 이상한 공간이다. 이익을 추구하는 사업장이면서 공공적 가치를 지녔다. 그래서인지 가끔 행정 기관에 원하는 바를 요구하는 듯한 민원인이 등장한다. "화장실 좀 쓸게요" "물 좀 주세요"는 보통이고 "무료로 책 좀 빌려주세요" "좋은 일 하시는데 그냥 해주시면 안 돼요?"도 적지 않다. "책을 다섯 권 사는데 대량 구매 할인해주세요" 등 본인의 기준으로 무언가를 요구하거나, 음료나 소지품을 아무렇지 않게 판매하는 책 위에 올려두어 파손하고는 새 책을 요구하는 사람들. 나는 이를 어느 책 제목처럼 '누추하신 분'이라고 부른다.

나의 일도 책방의 일도 아니기에 손님의 무례한 요구를 거절하면,

"내가 당신 가게 망하게 할 거야."

"작은 책방이 콧대가 높으시네요."

"코딱지만 한 책방 주제에 유세는."

"서울시에 민원 넣을 거예요. 알아서 민원 받으세요!"

따위의 말을 들었다.

또 책방에만 등장하는 누추하신 분들이 있다. 일명 지식 배틀인. 자신의 지식을 쏟아놓는 사람들이다. 쏟아놓는 창구는 책방 운영자뿐 아니라 책방을 찾은 다른 손님에게도 뻗으며, 예상처럼 유익한 지식이나 정보는 아니다.

"이 책 무척 철학적이다."

한 손님이 같이 온 친구에게 말했다.

"철학적인 게 아니라 인문학적이에요. 그 책 저자가…."

갑자기 동행이 아닌 다른 손님이 그들의 대화에 끼어들었다. 당황한 손님은 책을 내려놓고 다른 책을 집었다. 그런데도 그는 말을 멈추지 않았다. 이때 책방 운영자는 적절한 틈에 개입하여 막아줘야 한다. 때론 다정하게 자주 단호하게.

지식 배틀인은 책방 모임에서 가장 많이 나타난다. 모임의 리더나 전문 강사가 있음에도 자신의 지식을 뽐내기 바쁜 사람들. "제가 해봤는데요" "제가 아는데요" "제 친구가요"로 말을 시작하는 사람들. 대화의 주도권을 가져와 자신이 이끌려고 한다. 그중 몇몇은 잘 들으면 도움이 되는 말도 있지만, 대부분은 다른 참가자가 유익할 것이라고 혼자 추측하는 말들이다. 처음에는 나도 무척 당황했다. 하지만 이젠 때에 따라 화제를 전환하거나, 발언권을 다른 사람으로 넘기거나, 애초에 모래시계를 쓰며 시간을 배분한다. 최근에는 모임 전에 "이번 시간에는 모두 발언하고 여러 사람의 이야기를 듣는 시간"이라는 점을 강조하고 시작한다.

책방을 운영하며 상상하지 못한 상황은 더 많았다. 시 쓰기 모임 합평 시간에 강사가 자신에게 질문을 여러 차례 했다는 이유로 강사와 책방을 명예훼손으로 고소한다는 메시지를 보내온 일, 드로잉 모임에서 강사가 결과물 제작을 늦게 했더니 강사와 책방을 업무 태만으로 민원을 넣겠다는 전화를 받은 일, 어느 작가와 연결 고리가 있다는 것만으로 책방을 어떻게든 망하게 만들겠다는 댓글을 받은 일도 있었고, 다른 참가자에게 계속 추파를 던지는 사람, 수업을 듣다가 자신이 생각했던 과정이 아니라며 종강을 1회차 남기고 환불을 요구한 사람, 돈이 필요하니 돈을 빌려달라며 연락하는 사람 외에도 종교를 전도하려고 하거나 자신의 사업에 투자하라는 누추하신 분들을 많이도 만났다.

이런 분들을 만나는 일이 여러 차례 반복되면서 파손과 절도, 업무방해, 명예훼손 등 책방에서 일어나는 혹은 일어날 수 있는 일에 관해 변호사와 상담했다. 물리적인 행동 외에 무형의 행동도 업무방해와 영업방해에 포함되었다. 무형의 행동 즉, 거짓말, 지위나 권력을 이용한 방해로 운영자가 극심한 스트레스를 받거나 업무에 영향이 있다면 처벌할 수 있었다. 내용증명은 어떻게 보내고, 실제 고소장을 접수하려면 어떻게 해야 하는지, 이런 사건이면 변호사 비용은 얼마가 드는지 등 실제적인 절차까지 알아뒀다. 가령 영업장에서 기물 파손 및 소란 행위가 있었다면 입증할 수 있는 CCTV 등을 확보하면 되었고, 잦은 전화가 문제라면 전화한 시간, 횟수, 내용 등을 구체적으로 기록해두는 것이 유리했다. 그리고 특히 온라인상에서 악성 댓글이나 폄하 발언, 거짓 유포의 경우, 상대방이 업무를 방해할 의도가 존재했는지, 피해가 발생했는지 인과관계가 중요했다. 작성자가 삭제하면 찾을 수 없으므로 발견하면 일단 날짜별로 저장, 캡처해두어야 한다. 보다 구체적인 내용으로 상담을 받은 건 당장 법적 조치를 취하기 위해서가 아니라 비슷한 상황이 발생했을 때 대처하기 위함이다. 더 솔직히 말하면 내가 얼만큼 맞서도 되는지 궁금했다.

누군가는 "뭐 그런 일로 변호사까지"라고 말할지 모른다. 하지만 '운이 나빴다'라고만 생각하기에는 가끔은 어떤 말과 행동 때문에 두려움을 느낀다. 그리고 나와 나의 책방과 함께 하는 사람들에게 피해가 있어선 안 된다. 지켜야 할 것이 있다면 지키는 방법, 지킬 힘을 가져야 한다. 누군가에 의해 파괴되지 않도록.

귀하신 서점에 누추하신 분은 사절이다. 물론 민원인도 사절한다. 책방 운영자의 첫 번째 자질이 끝없는 인내심과 무한한 인류애는 아니다.

#이보다 완벽한 손님은 없다

대부분 커피 한잔, 케이크 한 조각 값은 아까워 하지 않아도, 책 값이 1만 5000원, 2만 원이면 무척 비싸다고 여긴다. 책방 운영자가 버젓이 있어도 옆 친구에게 "책은 무료로 읽을 수 있는데 왜 사서 읽어?"라고 말하거나 "책방은 무료로 데이트하기 좋은 곳"이라는 사람들, "나도 글이나 쓰면서 책방이나 하고 싶다"라고 말하는 사람들. 얼마 전에는 젊은 커플이 들어와 한 시간 반 넘게 책방에 머물며 온갖 책을 만지고 사진을 찍었다. 그러곤 책방 문을 빈손으로 나서며 말했다. "힐링했네."

그래도 책방을 하는 큰 이유는 사람 때문이다. 내게는 책방에서 누리는 기쁨이 삶의 특별한 성취인데, 이는 텍스트만큼이나 사람이 행복을 가져온다. 내일 책방 문을 열게 하는 것도 사람이고 삶에 영감을 주는 것 역시 사람이었으니까.

책방 운영 초창기였다. 손님이 책방에 들어오기만 해도 곁눈질하느라 아무 일도 하지 못하던 때였다. 손님이 너무 없어 이러다 제대로 운영도 못 해보고 책방이 망하지 않을까 하던 날, 한 남자 손님이 책방에 들어섰다. 나는 당장 해야 할 일이 있었음에도 그의 뒤꽁무니를 눈으로 쫓느라 바빴다. 조금 오래 서가를 둘러보며 책을 여러 권 골라 계산대로 왔다. 카드를 건네곤, "이 책 중에 안 읽으신 책이 있나요?" 어떤 의도인지 모를 질문이었다. 책방 운영자의 자질을 시험하기 위함인지, 나의 취향을 가늠하기 위함인지 몰라 당황했다. 대답을 멈칫하니,

"안 읽으신 책이 있다면 한 권 제가 선물하고 싶어요."

"네? 왜요?"

왜냐는 질문에 관한 대답은 듣지 못한 채 난 얼떨결에 책 한 권을 선물 받았다.

비슷한 일은 또 있었다. 저자와의 만남 행사를 진행했을 때. 독립서점을 처음 와보신다던 분은 저자의 책을 포함해 여러 권 골랐다.

"작가님 책을 두 권 사시네요. 선물하시려고요?"

"한 권은 책방에 드릴게요. 다른 분께 다시 판매하셔도 되고 읽고 싶어 하시는 분께 선물로 주셔도 돼요."

저자와의 만남은 참가비를 무료로 하는 대신 책을 반드시 구매하도록 하는 때가 있다. 책을 구매한다고 참석하고 결국 값을 치르지 않고 가는 사람도 가끔 나타난다. 그런데 다른 사람의 책값까지 계산하는 마음이라니.

최근에는 충북에서 살고 일하면서도 자신의 생활과 시간을 쪼개 책방을 찾는 J님이 완벽한 손님의 대장을 맡아주고 있다. 평일 낮, 밤, 주말 할 것 없이. 자신의 글을 쓰기 위해, 자기 삶에 힘이 되어 책방에 오간다지만 충북에서 차를 타고 기차를 타고 지하철을 타고 책방을 오가는 건 보통 일이 아니다.

책방의 여섯 번째 생일날이었다. 책방에서 책 구매 고객에게 초상화를 그려주는 이벤트를 진행했다. 기차를 타고 온 손님, 아이와 함

께 찾아준 손님, 살 책 리스트를 꾹꾹 써온 손님으로 책방은 북적북
적했다. 그리고 J님도 책방 마감 시간 10분 전에 도착했다.

"제가 늦지 않아서 다행이에요."

책을 사고 선물을 주고 다시 지하철을 타고 기차를 타고 복귀하는
걸음이라니.

이외에도 책방 생일을 맞아 직접 떡을 주문해 갖고 오신 손님, 배
송료를 내면서도 책방에서 책을 구매하시는 손님, 몇 년 전 책방을
찾았던 기억을 잊지 않고 다시 찾는 손님 등 완벽한 손님은 나타났
다가 사라지고 또 다른 완벽한 손님이 나타나길 반복한다.

어느 독자는 오해할지 모른다. 책방 운영자가 생각하는 완벽한 손

님은 책방에서 돈을 많이 쓰는 독자라고. 물론 책방에서 책을 많이 사면 배꼽까지 머리 숙여 고맙다. 하지만 책방의 완벽한 손님은 책한 권의 가치를 아는 모든 독자다. 야마시타 겐지가 《서점의 일생》에서 말했듯 "제시된 가격으로 산다는 건 속이거나 속는 게 아닌, 손님이 그 가치를 인정했다는 뜻"이니까. 작은 책방에서 책의 가치를 알고 책을 사는 모든 손님이 완벽한 손님인 것이다. 앞으로 난 얼마나 든든한 완벽한 손님을 만날까.

완벽한 손님이 나의 책방에 오래 존재하길 바라며 고민한 게 있다. 바로 책방 멤버십. 몇몇 책방에서 멤버십을 운영 중이다. 행사 참여, 책 할인, 굿즈 증정, 친밀한 유대관계 등 멤버십의 혜택은 책방마다 다르다. 난 나의 책방 멤버십을 통해 완벽한 손님들에게 완벽하진 못하더라도 특별한 경험을 건네고 싶다.

이를테면 나의 책방에서만 만날 수 있는 책을 선물하거나, 특별한 작가와의 시간, 새로운 독서 경험 같은 것 말이다. 상상해본 것 중하나는 이런 거다. 한여름 밤, 서울의 한 호텔의 방을 여러 개 빌린다. 함께 저녁을 먹고 밤새 책을 읽고 쓰고 작가와 함께 이야기 나눈다. 작가의 이야기만 듣는 게 아니라 내 이야기를 마음껏 할 수 있는 시간도 있다. 혹은 또 이런 것. 함께 며칠 간의 산책이나 여행을 떠난다. 길에서 읽고 쓰며 우리의 시간을 기록한다. 글과 사진으로 기록한 것을 모아 한 권의 책으로 만든다. 아직 어느 것도 실행하지 못했다. 하지만 나의 책방을 찾는 수많은 완벽한 손님들에게 선물 같은 시간을 주고 싶다. '완벽한 손님에 어울리는 책방이 되어야지'라고 생각한다.

무뚝뚝하고 바쁜 책방 운영자다 보니 다정하게 안부를 묻는 사이는 못되었지만 잊지 않는다는 말을 이 지면을 빌어 전한다.

책방에서 만난 완벽한 손님들, 친구, 동료, 독자들.
모두 고맙습니다.
저도 완벽한 책방 운영자가 되도록 애써볼게요.
아마 이번 생애에 이루지 못할 테지만요.(웃음)

#건물주가 아니라서 죄송합니다

많은 자영업자의 꿈, 건물주. 임대수익 창출만이 목적은 아니다. 자신의 공간을 맘껏 운영하고 싶은 이유도 있다. 나 역시 책방을 운영하며 처음으로 건물주가 되고 싶었다. 평소 갖고 싶은 건 많지 않은데, 내 건물 아니 내 책방 건물은 갖고 싶다. 그러나 책방을 열고 몇 년간 서울의 주택과 아파트, 꼬마빌딩 값은 올려다보기 목이 뻐근할 정도로 올랐다. 지금 책방이 자리한 옆 건물은 70억, 또 옆 건물은 신축 후 100억이 넘는다. 휴, 사이버머니 같은 숫자다.

당장 책방 이전 계획이 없어도 부동산 어플을 켜 이 동네 저 동네 검색한다. 새로운 취미다. 책방을 운영하는 동안에는 연남동 – 서교동 – 합정동 – 상수동을 떠나지 않겠다고 생각했다. 경의선 숲길이 주는 분위기와 음악, 미술, 출판 등 다양한 문화가 섞인 이 동네가 좋아서다. 하지만 점점 이 동네를 벗어나 먼 동네까지 살피게 된다.

내가 원하는 책방의 위치와 건물 형태, 규모는 이렇다. 앞서 말한 연남동에서 상수동 범위 이내 동네가 좋다. 내가 잘 아는 동네이기도 하고 출판사와 창작자가 많고 경의선 숲길과 개성 있는 작은 가게들이 좋다. 더구나 교통도 편리하고 서울 외곽이나 경기도에서 진입하더라도 물리적 거리와 비교하면 심적 거리는 다소 짧게 느껴진다. 건물 형태는 단독 건물 또는 상가주택의 1층 아니면 2층이면 좋겠다. 작은 마당이나 테라스가 있었으면 하고 예쁜 창문이 있었으면 한다. 통창은 꼭 좋지만은 않다. 연희동에 있던 때 책방 두 벽이 통창이었다. 책은 습기만큼이나 햇빛에도 약하다. 그때 서가에 꽂혀 한동안 팔리지 않던 책은 책등이나 앞표지 색이 바래고 말았다. 그래서 밖에선 조명이, 안에선 계절과 날씨와 골목과 사람이 보이는 작고 예쁜 창을 바란다.

책방 인근에는 맛있는 커피를 내리는 카페와 빵 냄새가 문밖에서도 맡아지는 빵집이 있으면 좋겠고, LP바와 빈티지 소품 가게도 멀지 않으면 좋겠다. 아주 큰 도로면보다는 1차선 도로와 구분된 인도가 있는 곳이었으면 한다. 주차장은 크진 않더라도 필요할 때 사용할 수 있는 공간이 있으면 좋겠다.

책방 규모는 적어도 서른 평은 되어야겠다. 이전에는 열 평 남짓이었고 지금이 딱 스무 평이다. 열 평은 너무 적다며 스무 평으로 이전했으나 행사나 모임을 하기에는 작다. 다섯 평 정도는 사무실 겸 창고로 쓰고, 스무 평은 서가, 나머지 다섯 평은 독립된 모임 공간으로 꾸미고 싶다. 사실 욕심 같아선 마흔 평이면 좋겠다. 쓰다 보니 책장과 테이블과 조명과 의자 디자인까지 상상 중이다. 당장이라도 연필을 꺼내 평면도와 가구 도면을 그릴 만큼. 그럼 상상은 여기까지.

내 건물에서 책방을 운영하고 싶은 이유는 단지 월세 때문이 아니다. 각종 세금을 생각하면 월세를 내고 운영하는 게 더 이익인 경우도 있다. 더 큰 문제는 뭐랄까, 기분의 문제랄까.

"차가 많아서 입구를 찾는 데 한참 걸렸어요."

책방이 있는 건물 앞에는 여섯 개의 주차 칸이 있다. 주차할 곳이 없으면 몰라도 주차장이 몽땅 비어있어도 책방 배너가 세워진 건물 입구에 주차하는 차가 있다. 텅텅 빈 주차장인데 굳이 입구에 차를 세운다. 엄연히 주차공간이기 때문에 항의하기도 어렵다. 그러다 간혹 내 차와 손님 차, 두 대가 주차된 주말에는 눈치를 봐야 한다. 다른 주차 칸이 비어있고, 매달 적지 않은 관리비를 똑같이 내고 있는데.

때로는 건물 안의 사무실을 방문한 것이 아닌데 주차장을 가로질러 막거나 주차장에 차를 두고 사라지는 사람도 있다.

"당신 건물도 아닌데 왜 난리야?"

전화번호 하나 적어두지 않고 늦게 돌아온 차주는 눈을 흘기거나 날 선 소릴 하거나 싸울 기세로 말한다.

"담배 냄새가 나는 것 같아요."

손님의 말에 냉큼 계단을 뛰어 올라가 흡연 중인 사람을 찾았다. 건물 앞에는 '금연'이라는 딱지가 여기저기 붙어있다. 그래도 버젓이 앞에서 담배를 피우는 사람들.

"여기서 담배 피우면 안 돼요."

"당신 건물도 아닌데 왜 난리야?"

이 소릴 또 듣고 만다. 열에 여덟은 자리를 조금 옮겨 담배를 계속 피우고 나머지 둘은 보란 듯이 침을 뱉고 담배를 끈다.

"왜 건물 화장실을 잠가놔요?"

책방은 개별 화장실이 없다. 나도 건물의 공용 화장실을 쓴다. 인근에 홍대입구역이 있고 역사에는 아주 깨끗한 대형 화장실이 있다. 그런데도 책방에 와 화장실을 쓰겠다는 사람들. 굳이 문을 열고 계단을 내려와 또 문을 열고 화장실을 쓰겠다니.

"거, 인심 야박하네."

이럴 땐 내가 건물주가 아니라 다행이다. 건물주 핑계를 대고 열어주지 않아도 되니까. 불특정 바깥사람의 사용이 반복된다면 화장실은 엉망이 될 것이다. 초기에는 화장실 사용만 원하는 바깥사람이라도 비밀번호를 알려줬다. 책방의 예비 손님이라 생각했다. 하지만 몇몇 사람이 침을 뱉고 담배를 피우고 더러운 꼴을 해놓고 갔다. 변기가 넘칠 정도로 가득 휴지를 쌓아두고 도망간 적도 있고 밖의 모래를 세면대에서 씻어 배수구가 막힌 일도 있다. 그때마다 난 누군가에게 해명하거나 죄송하다고 말해야 했다.

#월세는 계속 오른다

수년 전부터 매년 책 읽는 인구는 감소하고 있다. 대입 경쟁과 취업, 업무와 생활의 빡빡함으로 책 읽을 시간이 없다는 이유와 유튜브, 넷플릭스를 비롯한 OTT와의 경쟁에서 책은 무력하다. 그럼에도 연말은 작은 책방의 성수기였다. 선물로 책을 꽤 많이 찾는다. 그리고 새해 계획으로 독서를 꼽는 사람은 다행히도 아직 꽤 많다. 책을 읽지 않는 사람에게 책을 읽어야 한다는 부채감이 있는 걸까.

하지만 코로나 시대를 건너오며 책방의 성수기는 사라졌다. 어느 책방 운영자가 쓴 책의 제목처럼 '성수기도 없는데 비수기라니'가 되어버린 것이다. 비대면 소비가 일상화된 이유도 있고, 규모가 작다 보니 위험하다 느낀 독자와 손님도 있다. 이는 책방만이 아니라 소매업을 하는 소상공인 모두에게 닥친 위기였다. 이에 정부는 2021년 6월 착한 임대인 제도를 마련하였다. 착한 임대인 제도는 코로나가 극심했던 2020년 1월부터 2022년 12월까지 상가 임대료를 인하해준 임대인에게 세제 혜택을 주는 제도다. 교육기관이나 협회, 단체, 사행성 공간 등을 제외한 소상공인으로 계속 영업하는 임대인이면 가능했다. 종합소득세 신고 시 50~70퍼센트 세액 공제라니 적지 않은 금액이다.

지자체에서도 미디어에서도 착한 임대인을 독려했다. 사유 재산이기에 제한할 수 없지만, '어려움을 함께 이겨보자'라는 한국 사회 특유의 감정인 '정'을 내세웠다. 얼마 지나지 않아 각 온라인 카페에 착한 건물주 미담이 쏟아졌다. 한 당구장 사장님은 8년 동안 임대료 인상 한 번 없이 장사했다. 그러나 집합금지 등으로 4개월 치 임대료가 밀린 상황이었다. 그때 건물주가 먼저 착한 임대인을 알아본다는 연락을 받았다고 한다. 그리곤 한동안 별말이 없어 그런가 보다 했는데, 갑자기 당구장에 오셔서 "4개월 월세 밀린 거 없는 일로 해요. 장사 잘하셔서 앞으로 밀리지 마세요"라고 했다고 한다. 친구 책방 한 곳도 몇 개월간 월세를 30퍼센트 인하했고, 친구 카페는 1년간 월세를 50퍼센트 인하하겠다는 문자를 받았다.

크리스마스는 지났고 며칠 후면 새해였다.

"아, 책방 망했어. 연말인데 매출이 이게 뭐야."

그때 나의 전화가 드르륵 드르륵거렸다. 화면에 건물주의 이름이 떴다. 심장이 쿵쾅거렸다.

"네, 여보세요."

"건물주인데요. 2017년 12월에 들어오셨잖아요."

인근 시세보다 월세가 저렴하다, 4년이나 월세를 올리지 않았다, 전기료 에누리는 깎아주고 있다, 구구절절 무언가를 말했다. 그리곤 2017년 12월 첫 계약금을 입금한 때부터 지금까지 월세를 낸 날짜를 읊었다. 난 월세 납부를 빼먹었거나 입금 날짜를 이제껏 헷갈렸나 생각했다. 그러나 결국, 월세를 올려달라는 전화였다.

'착한 임대인 사례가 이렇게 인터넷에 쏟아지는데? 월세를 올려달라고?'

나도 모르게 착한 임대인 전화를 기다렸나 보다. 역시 기대하면 실망한다. 기대는 나 자신에게만 해야 한다고 했는데, 타인에게 기대하면 안 된다고 했는데.

물론 자신의 정당한 노력으로 얻은 건물에서 시가의 월세를 받는 게 나쁜 일은 아니다. 누구나 건물주를 꿈꾸지 않던가. 자본주의 사회에서 그만한 직업도 돈벌이도 없다. 문제는 나의 기대였다.

자영업자는 월세만 내는가? 상가 월세를 처음 얻는 사람들이 당황하는 금액 두 가지가 있다. 첫 번째는 부가세다. 부가세는 월세가 100만 원이라면 110만 원을 내야 한다. 물론 과세사업자라면 부가세를 일부 돌려받지만, 월세가 200, 300만 원인 곳이나 매출과 수익이 전혀 나지 않은 때는 부담이다.

두 번째는 관리비다. 전기료, 수도요금 외에 관리비 명목으로 매달 내야 하는 건물이 많다. 현재 책방 연희는 관리비와 전기료를 합쳐 월 약 20만 원을 내고 있다. 솔직히 관리비가 아깝지 않은 건 아니다. 공용 전기료나 수도세, 청소요금 등이 포함되어 있지만, 내는 관리비만큼 혜택이 있는가 따지게 된다.

관리비가 없는 게 꼭 좋은 일도, 있는 게 꼭 안 좋은 일도 아니다. 관리비로 공용 공간을 관리해준다. 이를테면 건물 입구나 계단, 공용 화장실이 있다면 청소를 해주고, 눈 오는 날에는 건물 앞 눈을 쓸고 비 오는 날에는 미끄러지지 않게 카펫이나 상자를 깔아둔다. 난 책방을 이전하고 좋은 것 중 하나가 공용 화장실이라 내가 청소하거나 관리하지 않아도 되는 일이다.

그러나 관리비 때문에 문제가 생기기도 한다. 상가임대료 즉, 월세는 세금계산서를 발급받기 때문에 과세사업자의 경우 부가세를 돌려받고, 면세사업자의 경우 사업운영비로 처리되고, 계약 기간 중 매년 5퍼센트 인상 한도가 있다. 월세를 올려받으려면 현재 임차인을 내보내고 다른 임차인을 들여야 한다. 이 과정은 임대인도 귀찮은 일이 많다. 부동산에 상가를 내놓아야 하고 예비 임차인들에게 공간을 보여줘야 한다. 임차인이 구해지면 부동산 수수료도 내야 하고 어떤 임차인이 올지 모른다.

꽤 많은 건물주가 관리비는 세금계산서 처리를 하지 않는다. 편법으로 이전 임차인에게 월세를 올리지 못하는 경우 관리비를 인상하기도 한다. 월세 인상 규제는 있지만 관리비에 관한 법적 규제는 없기 때문이다. 개인 세무사가 이 방법을 일러주기도 하고, 건물주끼리 월세 인상 팁이라며 공유하기도 한다(2024년 5월, 상가건물임대차 표준계약서 양식에 관리비를 명기하고, 정액 방식이 아닌 경우 항목 및 산정 방식을 기입하도록 개선되었다).

한 책방 운영자는 이와 같은 상황에서 관리비 인상 납부를 거부했더니 "월세가 저렴한데 관리비 인상을 거부하면 계약을 연장하지 않겠습니다"는 말을 들었다고 했다. 그럼 "인상한 금액으로 관리비를 내는 대신 계산서를 발급해주시면 안 되나요?" 하니 그마저도 거절당했다고 한다. 그와 난 월세 사업자의 서러움을 한 시간 내내 토로했다. 그리고 그는 그달부터, 난 다음 해인 다음 달부터 인상된 관리비와 월세를 내고 있다.

아, 언제 또 전화가 오려나. 월세는 계속 오를 뿐 내려가진 않는다.

책방을 위한 자리와 공간

**지하층은 서점을
하기에 습하지
않을까요?
창문이 없는
공간도
괜찮나요?**

지하층에 따라 다릅니다. 지역과 건물 위치, 건물 내외장재에 따라 다르죠. 지하층이라도 곰팡이가 필 정도로 습한 곳이 있고 쾌적한 곳이 있어요. 책방 연희가 2층에 있었을 땐 통창이 있어 창문을 통해 습기가 유입되고 물방울이 맺혔죠. 내장재를 모두 뜯어내어 리모델링이 된 구옥이라 더욱 더위와 추위, 습기에 약했어요. 책방이 이전하자마자 2층에 있던 화장실이 추위에 터졌다는 이야기를 들었어요. 지금 책방은 지하층이지만 2층에 있을 때보다 습하지 않습니다. 내장재가 튼튼하고 단단하게 되어 있지 않은데도요. 건물이 위치한 곳이 고지대고 토양의 이유 때문인지는 모르겠습니다. 다만 지하층인데도 책방 이전을 결정한 건, 이곳이 수년 동안 회화 작업실로 쓰였다는 것과 책방 옆 공간에 아직도 판화 작업실이 있기 때문입니다. 오랫동안 종이를 쓰는 작업실이 있었다는 건 습기에 취약하지 않다는 증명이니까요. 그리고 이 공간을 보러 왔을 때 가구 하나 없이 텅 비어있었습니다. 천장과 바닥이 온통 물감이 남아 있었지만, 벽면과 바닥이 마주하는 모서리, 벽면과 천장이 마주하는 모서리, 작은 창문이 난 근처에 아주 작은 곰팡이도 없는 걸 직접 확인했고요. 가장 선택을 주저하게 했던 건 책방 앞 주차장이었어요. 주차하면 책방 입구를 찾기가 힘든 건물 구조거든요. 만약 공간을 보러왔을 때 건물 앞 주차장이 만차인 상태였다면 그렇게 빨리 계약하지 않았을지도 모릅니다. (웃음)

꼭 피해야 할 입지 조건이 있다면요?	여름에는 덥고 겨울에는 추운 곳. 비가 오면 습해지거나 누수가 있는 곳. 추운 겨울 난방을 했을 때 물방울이 맺히는 곳.
혼자 운영하면 어느 정도의 규모가 좋을까요? 책방으로서의 최소한의 규모를 추천해주세요.	지금 운영되는 책방의 경우 작게는 열 평 미만, 크게는 백 평 이상도 있습니다. 규모나 비용이 운영 인원에 영향은 있겠지만 비례한다고 생각하진 않습니다. 운영자의 역량과 운영 방식에 따라 달라지겠죠. 예를 들면 스무 평이라도 음료를 함께 취급하는 북카페형 책방과 취급하지 않는 책방은 필요한 인력이 다를 겁니다. 그리고 책방에서 행사나 모임을 할 것인지, 어떤 형태와 규모로 할 것인지에 따라서도 다를 거고요. 지금 책방 연희는 딱 스무 평인데 제가 작다고 느끼는 건 책 행사나 모임 때이니까요. 5명, 10명 다정한 모임도 좋지만 전 40명, 50명 행사도 열고 싶거든요.
비슷한 업종이 많은 동네가 좋을까요, 없는 동네가 좋을까요?	둘 다 장점이 있어요. 책방이 많은 지역에서 운영하는 장점은 책방끼리 협업할 기회를 만들 수 있다는 것과 독자들이 함께 찾는다는 거죠. 지역 밖에서 책방을 찾아오는 사람이 많아질 확률이 높아요. 반면에 책방이 없는 동네라면 지역 내 독자를 확보하고 지역 내 기관이나 단체와 협업할 단독 기회가 생기는 게 큰 장점일 텐데요. 그렇다고 '책방이 없는 동네에서 하라'고 말씀드리기 어려운 건 지금껏 없는 이유가 있을지도 모르니까요. 사실 책방이 아주 많은 마포구

에 책방을 열라고 추천해드리기도 어렵고 아예 없는 동네에 열면 좋다고 말하기도 어려워요. 책방의 숫자와 같은 정량적인 기준으로 보면 그 중간이 가장 좋아요. 따로 또 같이 할 수 있는 곳이요. 하지만 가장 중요한 건 내가 좋아하는 동네, 좋아할 만한 동네여야 하는 것 같아요. 저는 책방 공간이나 건물도 중요하지만. 동네가 무척 중요하다고 생각하거든요. 장소 애착을 만드는 건 동네가 한몫하니까요.

책장 외에 책방에 꼭 필요한 가구나 집기는 뭔가요? 인테리어나 디스플레이할 때 고려할 점이 궁금해요.

요즘은 모두 인테리어 감각이 좋으셔서 자신의 취향에 맞게 잘하시는 것 같아요. 일부러 레트로 분위기가 나게 가구나 소품을 쓰고, 모두 나무로 근사하게 만들기도 하고, 자개장을 활용해 실내를 장식하기도 하고, 포토존을 책방 운영 전부터 전략적으로 꾸미시기도 하고요. 그래서 준비 비용이 넉넉해서 실내 건축사무소에 정식으로 의뢰하여 근사한 인테리어를 해도 좋지만, 책방은 충분히 셀프인테리어가 가능하다고 생각해요. 책방은 카페나 다른 공간과 다르게 '책'이 있으니까요. 책방의 가장 큰 인테리어는 책이에요. 책을 어디에 어떻게 놓느냐에 따라 책방 분위기가 달라져요. 그래서 책방에서 가장 중요하게 생각할 건 책장의 디자인과 책방의 배치이고, 꼭 있어야 할 집기는 북엔드와 북스탠드예요. 북엔드는 책등이 보이게 책을 꽂을 때 책이 쓰러지지 않도록 양쪽에 두어야 하고요. 북스탠드는 책 앞표지가 잘 보이게 책을 둘 때 필요해요. 서가 곳곳에 책 앞표지가 보이게 책을 두면 서가가 훨씬 꽉 찬 느낌이 들고 책이 더 눈에 잘 띌 거예요. 북 선반도 공간에 따라 갖춰두면 좋아요. 평소에는 책을 비치해둘 수 있지만 전시나 특별 판매대 등으로 다양하게 활용할 수 있어요.

책 읽는 책상이나 의자처럼 읽을 수 있는 자리를 꼭 마련해놔야 할까요?

책방 크기가 작으면 현실적으로 책상이나 의자를 놓기 어렵죠. 크더라도 카페를 겸하지 않는 이상 책상과 의자를 많이 두는 건 여러모로 고민해봐야 할 일입니다. 대형서점처럼 책을 구매하지 않고 앉아서 오래 읽는 사람들이 꽤 생길 겁니다. 잠깐 살펴보는 건 괜찮지만 오래 읽은 책은 판매할 수 없는 상태가 됩니다. 책방 연희에는 수업과 모임을 위한 큰 테이블이 있는데요. 초기에는 팔꿈치로 책을 누르고 읽는 분, 침을 묻혀서 넘기는 분도 있었고, 한 시간 넘게 책을 읽거나 한 권을 다 읽고 그냥 가시는 분도 꽤 있었습니다. 그래서 지금은 테이블에 '구매한 책만 가져와서 읽을 수 있습니다' 메모를 써두었어요. 아니면 아예 무료로 읽을 책을 따로 비치해 두는 것도 방법입니다.

Page 3.

나만의

전문성 갖기

#숍인숍 책방을 함께 운영합니다 #출판서점이 되려면 #출판마켓에 참여하는 이유 #책방 운영자의 공부 #책방 바깥의 일들 #퇴근은 없지만, 출근은 하루 세 번 #계획은 계절마다, 한 달, 이 주일, 하루 단위로

△ 여행자를 타깃으로 큐레이션 했던 제주 숍인숍 '책방 애월'
▽ 2년 정도 운영한, 서울 '노들서가'의 숍인숍

#숍인숍 책방을 함께 운영합니다

숍인숍shop in shop 책방을 처음 본 건 도쿄였다. 도쿄 유라쿠초에 있는 양품계획의 잡화점 '무인양품無印良品'과 의류잡화 브랜드 '니코앤드niko and'의 신주쿠점이었다. 무인양품은 '무지북스MUJI BOOKS'라는 이름으로 예술, 사진, 건축, 음식 등 2만 권의 책을 진열하고 있었고 (이후 서울 신촌점에도 무인양품과 무지북스가 생겼다) 니코앤드는 2000권가량이 진열되어 있어 책방과 인테리어 소품 어디쯤으로 보였다. 둘다 책이 라이프스타일을 제안하고 접점을 만들고 브랜드이미지를 만드는 게 인상적이었다. 또한 의류나 잡화의 소비를 촉진하는 매출 증가 요소로 보였다. 숍인숍 책방은 대형 브랜드에서 자신의 브랜드 공간 분위기를 전환하기 위해 만든 세컨드 브랜드라 생각했다. 그런데 나 역시 책방을 오픈하고 얼마 지나지 않아 숍인숍 책방을 운영하기 시작했다.

책방을 열은 해, 장마가 지나고 햇볕에 바싹 땅이 말랐던 날 고양시 삼송동에 삼송점을 열었다. 책방을 큰 계획 없이 시작했지만 막상 시작하니 고민과 욕심이 생기던 때, 사진 스튜디오에서 숍인숍 제안이 들어왔고 덜컥 숍인숍으로 입점했다. 신혼부부와 어린 자녀를 둔 젊은 부부가 많은 지역이었다. 사진 스튜디오를 찾는 손님과 동네 주민을 대상으로 한다면 괜찮지 않을까 생각해 제안을 받아들였다. 여행과 가족, 집 관련한 책을 선별했고, 초창기에는 일주일에 하루는 삼송점에 상주했다. 입고 관리도 별도로 하였고 대관이나 행사도 기획했다. 하지만 결과적으로 첫 번째 숍인숍은 수익을 전혀 내지 못한 채 1년 만에 문을 닫았다. 문을 닫은 첫 번째 이유는 수익이다. 유지는커녕 교통비와 나의 노동 시간을 생각하면 적자였다. 책방이든 어떤 목적으로 운영되는 공간이든 숫자를 무시해선 안 된다. 숫자는 복잡한 상황이나 고민을 생각보다 명확하게 정리하여 말해준다. 때론 선택과 결정을 손쉽게 내려주기도 한다. 두 번째는 스튜디오와 책방의 운영 방향과 결이 맞지 않았다. 손님 타깃이 달랐고 공간에서 필요로 하는 분위기도 달랐다.

이후로 숍인숍 제안을 세 곳에서 더 받았다. 두 곳은 카페였고 한 곳은 한 건물 한 층에 입점하는 제안이었다. 모두 쉽사리 결정하지 못했다. 첫 번째 숍인숍의 준비와 운영 경험이 이미 학습된 후였으니까. 제안을 받은 후 지역, 규모, 운영 방식, 예상 수익, 책방에 원하는 것 등과 나의 시간과 앞으로 책방의 방향을 하나하나 따졌다. 모두 상황과 지역은 달랐고 원하는 것은 같았다. 책방에 원하는 것은 단 하나, 지금의 책방과 같은 분위기와 프로그램을 활발히 운영해달라는 것. 그러나 같은 큐레이션과 모임을 진행한다고 하더라도 지금과 같은 분위기를 가질 수는 없다. 이 작은 책방이라는 게 책방 운영자의 성향과 취향, 손길에 의해 많이 달라진다. 이는 곧 매출이나 수익과도 연결된다. 모든 상황은 언제나 불확실하다. 숫자가 명확해야 불확실이 확신이 될 수 있다. 그래서 난 독립서점의 규모화는 긍정적이지만 체인화는 어렵다고 생각한다. 결국 세 곳의 제안 모두 거

절했다.

그러다 두 번째 숍인숍 책방을 연 건 제주 애월이었다. '책방 애월' 이라는 이름으로 유명 브런치 카페 안에 2019년 1월 입점하였다. 처음 공간에 갔을 때 카페 문을 연 지 1년이 채 안 되었을 때다. 애월이라는 동네와 귤나무가 있는 마당이 무척 예뻤고, 카페 안에 사진 스튜디오와 책방이 같이한다는 점도 마음에 들었다

애월점은 첫 오픈 때부터 굿즈는 모두 직접 제작하여 판매하면서 장기적인 수익률을 높였다. 카페를 찾는 여행자가 대부분 책방의 물건을 즉흥적으로 소비하는 일이 많을 것을 예측하여 가볍게 소비 가

* '책방 애월'이 있던 카페 앞마당

* '노들서가' 숍인숍에서 판매했던 블라인드북

능한 엽서와 에코백, 거울과 배지 등을 판매했다. 제주와 바다, 계절을 테마로 한 것이 대부분이라 기념품으로서 역할을 했다. 책 큐레이션 역시 여기에 초점을 맞추었다. 잠시 피로한 일상을 떠난 여행지에서 읽고 싶은 책은 뭘까, 젊은 여행자나 가족 여행자가 사고 싶은 책은 뭘까 고민했다.

애월점은 예상보다 수익이 났다. 코로나 이전에는 분기별로 한 번씩 책방에 찾아 큐레이션을 살폈고 직접 디스플레이를 하고 상황을 살폈다. 코로나가 심각해지고 장기화되면서 매출은 떨어졌지만, 운영 가능할 정도의 수익은 발생했다. 2020년부터는 분기별로 온라인을 통해 재고를 파악하고 택배로 책을 보냈다. 나의 수고로움이 적어졌고 내가 원하는 분위기와 책 큐레이션이 맞았다. 여행자가 들르는 공간이었기 때문에 판매나 홍보 부담도 덜했다.

그렇게 4년을 운영하고 2023년 2월 문을 닫았다. 무척 손님이 많고 매출이 높았던 카페가 좋은 조건으로 매각되면서 책방은 철수하였다. 4년이면 책방의 생애주기로 보면 꽤 오랜 시간이다. 상가 계약 기간이 2년인 것에 따라 책방도 2년만 운영하고 조용히 문 닫는 곳이 많으므로. 첫 번째 숍인숍 책방에서 배운 건 '숍인숍의 시작을 어떻게 할 것인가'였다면 두 번째 숍인숍 책방에선 '어떻게 유지할 것인가'였다.

최근에는 숍인숍 책방도 형태가 다양해졌다. 대체로 규모가 큰 공간의 일부를 나누어 기능과 역할이 다른 공간을 같은 운영자가 운영하거나, 규모가 큰 공간 중 일부를 할애받아 다른 운영자가 운영한다. 첫 번째의 경우 약국 안에 책방이 있거나 변호사 사무실 안에 책방이 있거나 꽃집 안에 있는 책방이다. 두 번째 사례는 같거나 다른 기능을 가진 대형 공간 안에 다른 운영자와 브랜드로 입점하는 경우다. 실제로 대형서점 안에 독립서점이 입점하거나 서점 안에 서점이 입점하는 사례도 있었다. 사실 모두 아직은 드문 일이다.

그리고 지자체나 기업에서 운영하는 공간에 팝업처럼 숍인숍 책방을 운영하기도 한다. 2019년 CJ 제일제당 본사 지하에서 6개월 정도 책방 네 곳이 '맛있는 책방'을 함께 운영했고, 2019년부터 2021년 사이 서울 노들섬의 '노들서가'에서 2년 정도 운영하며 숍인숍의 다양한 운영 방식을 경험했다.

숍인숍의 경우 대부분 월세를 내지 않는다. 대신 수익을 나누거나 수수료를 낸다. 책의 경우 권당 평균 30퍼센트가 수익이다. 수수료의 경우 권당 10퍼센트가 보통이다. 기타 관리비나 인력이 필요하다면 서로 협의하여 수수료나 추가 비용을 지불한다. 애월점은 독자와 손님이 꽤 많은 편이라 책 관리나 재고 파악에 인력이 필요했음에도 카페에서 도맡아 해주었다. 삼송점, 애월점 두 숍인숍 책방 모두 정가의 10퍼센트를 수수료로 냈다. 30퍼센트 수익이 20퍼센트로 줄고 택배비나 큐레이션, 재고 확인에 드는 시간까지 계산하면 나머지 20퍼센트를 수익이라 하긴 적다. 하지만 책방의 브랜딩이나 운영자의 경험은 그만큼의 가치로 남았다고 생각한다.

매출이 큰 카페였기에 그들 입장에선 책방 수수료는 매우 적은 수익이었을 것이다. 택배를 뜯고 디스플레이를 하고 판매하고 관리하는 일이 수익 이상의 노동이었을지도 모른다. 그럼에도 협업할 수 있었던 건 책이라는 물성에서 나오는 분위기가 카페에 도움이 되었기 때문이라고 생각한다.

숍인숍 책방을 운영한다면 수익도 중요하지만, 그보다 중요한 건 서로의 공간에 어떻게 얼마만큼 도움이 되느냐이지 않을까. 난 지금도 세 번째 숍인숍 책방을 상상한다. 세 번째는 과연 어디에서 문을 열게 될까.

#출판서점이 되려면

출판하는 서점 즉, 출판서점은 요즘 일이 아니다. 1910년쯤 책의 시장성을 보아 근대서점이 늘어났을 때, 서점이 출판사의 역할도 함께 하였다. 서점은 곧 출판사였고 출판사는 곧 서점이기도 했다. 서점은 지식의 유통망이 없던 때 지식을 발견하고 모으고 번역하고 소개하는 지식의 유통 플랫폼이었다.

최근 독립서점에서 출판사를 운영하는 사례가 많아졌다. 책방 운영자가 직접 쓰고 만들어 파는 책도 많고 출판 씬에 적극적으로 뛰어드는 책방도 많다. 지금은 출판이 지식의 유통만을 위한 일은 아니다. 취향을 유통하는 일, 취향을 만드는 일에 가깝다.

출판사 창업은 책방 창업보다 쉽다. 자본도 적게 든다. 보증금과 월세와 관리비가 드는 오프라인 공간이 필요 없다. 예쁜 인테리어도 필요 없다. 월세든 전세든 자가든 자택 주소로 출판사 등록을 할 수 있고 월 몇만 원 내는 공유오피스에 입주해도 가능하다.

출판사 사업자등록도 간편하다. 신고제로 시청이나 구청에 가서 출판사 등록을 하면 삼사일 후 등록증을 발급받는다. 신고서에 몇 가지 항목을 작성하고 서류와 함께 제출하면 끝. 필요한 서류도 출판사 이름과 주소, 신분증, 임대차 계약서뿐이다.

출판사 등록증을 가지고 가까운 세무서를 찾거나 홈택스를 통해 온라인으로 사업자등록을 하면 된다. 업태는 정보통신업, 종목은 출판업을 기본으로 하며 출판사도 서점과 마찬가지로 면세사업자다. 기존에 서점 사업자등록증이 있다면 출판사 등록증을 받아 사업자 추가 등록을 하면 된다. 창업 비용도 적다. 책으로 만들 콘텐츠와 책을 몇 종 제작하고 유통하는 데 드는 자본금만 있다면 시작할 수 있다. 독립출판과 기성출판의 사이 어디쯤이라면 한 종에 인세와 제작비, 유통비가 약 500만 원에서 2000만 원 정도다. 자본금은 1년에 몇 종을 얼마만큼 팔지에 따라 달라지겠다. 부족하면 크라우드 펀딩으로 제작비 일부를 마련할 계획을 세울 수도 있다.

왜 서점은 출판할까?

보통 책을 좋아하는 책방 운영자이니 책을 쓰고 만드는 일에도 관심이 있다. 또 서점 일을 하면서 출판 과정이나 시스템을 자연스레 알게 된다. 완전히 새 비즈니스 영역에 진입하기보단 수월하다. 독자에게 새로운 작가, 장르 및 아이디어를 소개하고 어쩌면 양질의 콘텐츠를 제공하여 출판계에 기여할 수도 있다. 하지만 출판은 서점일 만큼이나 아니 더 꼼꼼하고 복잡한 업무가 뒤따른다. 보이지 않는 일이 서점 일 만큼이나 많은 게 출판 일이니까.

그럼에도 서점이 출판에 뛰어드는 이유는 뭘까 살펴보면, 첫 번째는 단연 '수익'이다. 서점은 유통업, 출판은 제조업이다. 책을 만들어 유통까지 하는 것이다. 내가 만들어 내가 판다면? 내가 만든 책을 다른 서점에서도 판다면? 나의 책방이 휴무 날에도 내가 밥을 먹고 커피를 마시고 있을 때도 수익이 창출된다. 또 하나는 나의 책방 수익도 늘어난다. 책방에 무심코 들른 손님이 있을 것이다. 그중에는 여행자도 있을 것이고 지나다 우연히 들른 손님도 있다. 우리가 처음 간 음식점에서 대부분 무엇을 주문하는지 생각해보라. 시그니처 메뉴나 베스트라고 찍힌 메뉴를 주문한다. 책방도 마찬가지다. 책방에 왔으니 무언가 사고 싶은데 어떤 책을 사야 할지 모르겠다면 기념이 될만한 책을 사게 된다. 내가 만든 책 한 권 파는 것과 다른 책 한 권 파는 것 자체의 수익도 다르지만, 책을 사지 않을 손님의 지갑도 열게 만드는 장치가 된다.

두 번째는 '브랜딩'이다. 한 책방은 하나의 스몰 브랜딩이다. 어쩌면 작가에 더 브랜딩이 필요하다. 매장을 갖춰놓았다고 저절로 브랜딩 되는 게 아니다. 브랜딩이라 하면 사람들은 네이밍과 로고, 콘셉트, 디자인 등 눈에 보이는 것을 생각한다. 하지만 가장 중요한 건 브랜드를 만드는 콘텐츠다. 콘텐츠를 잘 담아 물리적으로 시각적으로 잘 보여줄 수 있는 게 책만한 게 없다.

출판마켓에 처음으로 참여했던 한 서점 운영자가 말했다.

"내 노래 없는 가수 같은 느낌이었어요. 그래서 저도 출판을 고민하고 있어요."

큐레이션도 서점의 특별한 콘텐츠임은 분명하다. 하지만 여러 서점이나 출판사가 모이는 마켓이나 행사에 참여하면 더 내 콘텐츠에 관한 고민이 든다.

세 번째는 '새로운 기회 탐색'이다. 출판으로 이어진 작가, 창작자와 관계도 형성되고 외주 업무나 협업 프로젝트도 의뢰받게 된다. 지역 축제의 홍보물을 만들기도 하고 인근 도서관이나 기관의 책자를 출판하는 기회를 얻기도 한다. 또 다른 수익 창출의 통로가 되는 것이다. 실제로 한 디자인 회사가 출판을 시작한 뒤 더 많은 외주 계약을 하고, 한 책방이 출판을 시작한 뒤 동네 출판물을 잔뜩 만드는 사례도 있다.

"왜 출판사는 안 해요? 요즘 서점들도 출판 많이들 하는데."

왜 난 출판사를 하지 않을까? 종종 독립출판이나 협업 형태의 출판 결과물은 만든다. 하지만 적극적으로 출판을 하진 않고 있다. 아니 못하고 있다고 말해야 정확할까. 매번 책방 계획을 세우거나 책방에 관해 고민할 때면 '출판해야 할까?'를 생각한다. 올해도 지난해도 그 지난해도 같은 질문을 했고 답은 미루었다. 사실 지금도 답은 미루는 중이다.

책방이 그렇듯 출판사도 1인 운영이 가능하지만 1인 운영이 힘들다. 디자인, 편집, 유통, 마케팅 등을 해야 하는데, 지금 정도의 책방 일과 나의 일을 하면서 출판사를 한다면 외주 디자이너나 외주 편집자를 구해야 하고 유통이나 마케팅은 내가 직접 하거나 직원이 필요하다. 이미 다년간의 책방 운영과 더 오랜 시간 독자로 살아오며 높아질 대로 높아진 내 눈은 어쩌란 말인가.

출판을 시작한다면 책방 정체성에 맞는 책을 만들 것이다. 책방을 찾는 이유가 되고 책방의 콘텐츠가 되고 책방의 브랜드가 되는 책. 기존의 것을 무시하고 새롭게 만드는 게 아니라 지금까지 쌓아온 것을 다시 보게 하는 책, 혹은 그 가치를 찾는 책. 그러면 책방이 주는 읽고 쓰고 나누는 경험을 제대로 전달할 수 있지 않을까.

여기에 하나 더 욕심을 부리자면 직원이 아닌 파트너 관계인 동료와 시작하고 싶다. 좋은 동료를 만나는 건 좋은 결혼 상대자를 만나

는 만큼 어려운 일이라던데. 일단 눈과 귀와 마음을 크게 열고 좋은 동료를 기다려보겠다.

휴, 책을 쓰는 것과 책을 만드는 것, 책을 파는 것. 어느 것 하나 쉬운 일이 없다.

#출판마켓에 참여하는 이유

농산물은 물론 중고물품, 부동산, 개인의 재능까지 사회 전반에 직거래 시장이 많아졌다. 중간 유통 단계를 생략하면서 수익은 늘리고 운영비는 줄이고 진짜 고객을 확보하겠다는 이유다. 이는 출판 시장에도 적용된다. 10년 전만 해도 1년에 서너 번 있을까 말까 한 책 마켓이 지금은 매월 열린다.

가장 큰 책 마켓은 1954년부터 시작된 〈서울국제도서전〉이다. 대한출판문화협회에서 여는 〈서울국제도서전〉은 매년 6월에 열리며 많은 출판사와 단체가 도서전을 목표로 책과 굿즈를 만들고 행사를 준비한다. 2019년부터는 독립서점과 독립출판까지 초청해 출판콘텐츠와 독자의 영역을 넓혔다.

도서전 외에는 지리적, 행정적 혹은 취향적, 장르적으로 묶인 작고 큰 마켓이 대부분이다. 먼저 '유어마인드'가 2009년 1회를 시작으로 매년 아트북페어 〈언리미티드에디션〉이 11월에 열린다. 독립출판과 아트북이 주로 유통되고 이 마켓에 참여하기 위해 창작자들은 반년에서 1년을 준비하고 독자들은 전국 각지에서 모여든다. 가장 많은 건 독립출판 중심 마켓이다. '스토리지북앤필름'을 중심으로 열리는 〈리틀프레스페어〉, '디자인이음'이 여는 〈베어북마켓〉이 있고, 도서관, 문화재단과 책방에서 여는 작고 큰 책 마켓이 있다.

최근에는 지자체 단위의 책 마켓도 지역 축제의 하나로 열린다. 탐라도서관이 진행하는 〈제주북페어〉가 2019년 1회를 시작으로 2024년 3월 4회가 열렸다. 4회에는 전국의 독립출판물 제작자 및 소규모 출판사, 독립서점 등 200팀이 참여했다. 서점인의 날, 세계 책의 날, 독서대전과 같이 책과 관련한 특별한 날 책 축제에서 마켓이 함께 운영되기도 한다. 서점 주최인 마켓인 경우 적게는 몇만 원에서 많게는 20만 원이 넘는 참가비가 있지만, 지자체와 기관 주최인 경우 대부분 무료다. 서울 외의 지역은 때때로 교통비와 숙박비에 보태도록 체류비를 지원해주기도 한다.

내가 처음 책 마켓에 참여한 건 2017년 4월이었다. 〈북꽃마켓〉이란 이름으로 네 개의 책방이 함께 연 작은 책 플리마켓이었다. 지금은 없어진 선유도 인근의 향기 파는 책방 '프레센트. 14' 앞 벚꽃이 그득하게 핀 가로수 거리 아래서 열렸다. 같은 해 가을, 연희동 연희문학창작촌에서 〈가을의 시선〉이란 이름으로 열린 문학축제에 초청된 것이 두 번째 마켓 참여다. 서점 몇 개와 창작자 몇 명이 참여하고 유명 소설가의 북토크가 진행되었다. 사실 이때만 해도 마켓 참여는 책방 운영자들의 즐거운 놀이라고 생각했다. 책 매출이 책방보다는 좋았지만 몇 배를 뛰어넘을 정도로 좋은 것도 아니고 마켓에서 만난 손님이 책방에 찾아오는 일도 적었다.

그러던 중 〈2019년 서울국제도서전〉에 참여하게 되었다. 독립출판과 독립서점이 관심의 화두가 되면서 처음으로 만들어진 자리다. 몇 장의 신청서를 내고 선정되어 무료로 초청되었다. 도시와 동네라는 큰 주제를 정하고 가져갈 책을 고르고 새로 선보일 책을 만들었다. 모두 똑같은 테이블이 제공되므로 시각적으로 다르게 보일 집기를 준비했다. 책방에 있는 작은 사다리 책장과 북스탠드, 그리고 야심 차게 준비한 책방 로고가 붙은 네모 조명까지.

　도서전은 참여 기간 내내 두근거리는 내 심장 소리가 독자에게 들릴까 염려할 정도였다. 일단 하루에 책 판매가 책방 한 달 매출만큼 났다. 다른 책 마켓보다 서너 배 정도 구매자가 많겠거니 했는데 이게 웬일, 화장실 갈 시간이 없을 정도로 끊임없이 구매가 일어났다. 거의 매일 밤 책방에 가서 빠진 책을 싣고 와야 했고, 가장 구매자가 많았던 토요일 매출은 200만 원이 훌쩍 넘었다.

　그러나 매출보다 소중한 경험에 더 신이 났다. 내가 만든 책, 내가 쓴 책, 내가 고른 책에 이런 큰 관심을 보이다니. 특히 나와 책방을 모르는 독자들도 이 작은 부스에 놓인 책으로 나와 책방에 관심을 보였다. 실제로 그중 여러 명이 책방에 다녀갔고 그중 여러 명이 독자가 되었고 또 그중 몇 명은 책방의 완벽한 손님이 되었다.

　마켓에 책방 이름으로 참여할 때 가장 중요한 건 정체성이다. 책방에서보다 더 확실한 정체성이 있어야 한다. 출판사를 겸하고 있다면 직접 출판한 책을 선보이면 된다. 하지만 직접 출판한 책이 적거나 없다면 큐레이션에 정말 공들여야 한다. 내가 쓰거나 만든 책이 아니더라도 다른 책방에는 다른 마켓에는 없는 혹은 찾아보기 힘든 책이어야 한다. 마켓에서만 파는 소량 제작 책이어도 좋고 창작자와 협업한 에디션이어도 좋다. 작가와 함께 참여해 직접 책 소개를 한다면 더할 나위 없다. 내 책방에서 가장 많이 판매되는 책이 내 책인 것처럼 독자는 책만 구매하는 것이 아니라 작가와 함께하는 그 시간

* 〈2019년 서울국제도서전〉에서

과 경험까지 구매하는 것이다. 그렇게 독자가 이 자리에서 꼭 사야 하는 이유를 만들어줘야 한다.

같은 해 가을, 호기롭게 DDP에서 〈서점시대〉라는 이름으로 독립 서점 중심의 책 마켓을 직접 열었다. 독자는 마켓에서 관심 가는 서점을 찾고 서점을 경험했으면 하는 마음으로, 책방 운영자는 다른 서점 운영자들과 만나 새로운 화학작용이 일어나길 바라는 마음으로. 전국 서른 개의 서점이 참여했고 해외 서점도 네 곳이나 참여했다. 방문객 수는 기억나지 않지만 매출이 나쁘지 않았고 작고 크게연 이벤트 반응도 좋았다. '내년에 또 열어보자' 했었지만 전례 없는 바이러스로 2020년, 2021년은 계획조차 하지 못하고 2년이 지났다.

2022년 가을, 2023년 봄을 거치며 다시 작고 큰 책 시장은 전국 곳곳에서 열리고 있다. 그러나 2019년과는 달라진 책 마켓과 책방 씬으로 더는 이어 나가지 못했다. 우치누마 신타로Shintarou Uchinuma 가《앞으로의 책방 독본》에서 "옛날 방식의 책방은 살아남기 힘들다. 점차 책을 사랑하는 사람들이 책을 사랑하는 사람을 위해 책방을 연다. 그곳에는 내일로 연결되는 새로운 아이디어가 있다"고 말한 것처럼 2~3년 전의 방식이 옛날 방식이 되었다. 더는 독립서점이 특별한 존재가 아닌 시대가 된 것이다.

이젠 책 마켓은 독자의 목소리를 듣고 시장을 파악하고 앞으로의 책방 운영을 가늠하게 하는 중요한 자리란 걸 안다. 그래서 지금은 더욱 마켓 참여를 신중하게 하고 있다. 아예 재미를 위한 참여이거나 제대로 준비하거나.

어린 시절 나의 책 경험은 학교 앞 지역서점에서 모두 이루어졌다. 만화책을 사고 월간지를 사고 수험서를 사고 소설책을 샀다. 아마 내 또래라면 모두 그랬을 것이다. 지금처럼 동네마다 도서관이 있던 때도 아니고 대형서점도 독립서점도 없었다. 기껏해야 학교 도서관과 책 대여점이었다. 하지만 노스탤지어만 남긴 채 지역에서 오랜 시간 자리 잡았던 지역서점의 폐업 소식이 연일 들린다. 세상이 바뀐 만큼 소비 이유도 패턴도 독자도 바뀌었다.

지금 생겨나는 작은 책방은 대부분 독립서점의 형태다. 특정한 콘셉트를 가지고 도서를 큐레이션 하고 여러 모임이 연일 열리는 책방. 책을 사고파는 서점의 역할을 넘어 커뮤니티 서비스를 제공함과 동시에 살롱 공간으로의 역할이 커졌다.

이런 형태의 책방은 100년 전에도 있었다. 일제강점기에는 문학가가 직접 서점을 열고 살롱 공간으로 사용하고 1970년대 북카페 형태의 서점이 등장했으며 1980년대 중반에는 시 낭송을 주로 하는 책방과 인문사회 전문서점, 문학 전문서점이 등장했다. 지금의 형태는 2010년 초 시작되어, 최근에는 전국에서 일주일에 한 개의 독립서점이 개점한다는 소리가 나올 정도로 많아졌다. 모두 지속 운영할 만큼 잘된다고 할 수는 없지만, 양적인 팽창은 질적인 성장을 가져올

테니 나쁘게만 볼 일은 아니다.

독립서점은 어느 날 불쑥 생겨난 것이 아니라, 시대에 따라 계속 변화해왔다. 따라서 지금의 독립서점이 언제까지 화려하게 존재할지는 알 수 없는 일. 도서관은 지역민에게 더 다양한 독서와 문화 경험을 주기 위해 애쓰고, 출판사는 직거래 판매를 늘리며 독자를 직접 만나고, 많은 기업이 커뮤니티 서비스를 만들어 선보이고 있으니 말이다.

변화하는 세계와 책 시장을 알고 미래를 준비하기 위해, 변화에 따르지 않고 나의 정체성과 나의 가치관을 고수하기 위해 책방 운영자로서 공부한다. 물론 감각이 타고 난 사람은 노력을 적게 해도 시대의 변화를 따라간다. 독자가 소비자가 좋아하는 것을 그냥 알아낸다. 하지만 나는 재능이 있거나 무척 머리가 좋은 사람은 아니다. 애쓰는 만큼 나아가는 사람이다. 그렇다면 책방 운영자는 무엇을 공부해야 할까. 나는 무엇을 하고 있을까.

먼저 열심히 읽는다. 다독가라고는 할 순 없지만, 바쁘다는 핑계로 돈을 번다는 이유로 읽기를 게을리하지 않으려 애쓴다. 책뿐 아니라 텍스트로 이미지로 생산하고 소비되는 많은 콘텐츠를 읽는다. 그렇다고 하루에도 수백 권씩 출간되는 책과 쏟아지는 콘텐츠를 모두 읽을 수는 없는 일. 독자에게 큐레이션 하여 선보이듯 나에게도 큐레이션 해준다. 그리고 읽는 일만으로 끝나지 않도록 한다. 과정을 기록하고 기록한 것을 결과물로 만든다. 문장일기를 쓰고 큐레이션 목록을 만들고 서평을 쓰고 책방 연재나 책방 밖에서의 일로 잇는다.

읽는 일 중 공부로 챙겨 읽는 것 중 하나는 잡지다. 누군가는 잡지가 이미 한물갔다고 할지 모르지만, 동시대에 벌어지는 특정한 일을 단정하고도 깊게 기록하는 게 아직은 잡지만 한 게 없다고 생각한다. 고집스러운 생각을 갖지 않기 위해 출판계와 서점 씬, 문화콘텐츠의 생산과 소비 변화를 알기 위해 잡지를 읽는다.

YES24에서 만드는 《채널예스》와 한국출판마케팅연구소에서 발행하는 《기획회의》를 꼼꼼히 챙겨본다. 출판계의 변화나 동시간대의 무엇들을 일목요연하게 알 수 있어 출간 때마다 빠뜨리지 않고 읽는다. 출판계 이슈는 서점과 밀접하게 연결되어 있어 한국출판문화산업진흥원에서 발행하는 《출판N》도 유심히 살핀다. 이외 《악스트》, 《릿터》, 《서울리뷰오브북스》는 목차를 보고 흥미로운 주제나 읽고 싶은 거리가 있으면 본다. 이러한 출판 잡지는 책방의 큐레이션과 나의 책 읽기에 도움이 된다. 온라인 콘텐츠로는 공간의 운영자로서 기획자로서 감각을 잃지 않기 위해 읽는 잡지도 있다. 당장은 서점과 관계없는 일처럼 보이는 일도 나비효과처럼 와닿으므로. 마케팅, 전략, 인문학, 비즈니스 등 다양한 분야의 지식을 전달하는 《동아비즈니스리뷰》와 24시간만 콘텐츠를 무료로 공개하는 《롱블랙》을 주제와 필진을 살피며 읽는다.

여기에 개인의 관심사와 취향을 보다 전문적으로 책방에 가져오기 위한 공부도 한다. 난 10대부터 문학이나 책보단 영화와 연극을 좋아하고 미술전시회를 좋아했다. 건축과 미술교육을 전공하고, 도시사회학을 공부하면서 여러 전문서와 관련 영화나 영상, 그 언저리에 있는 이야기를 좋아한다. 그래서 나의 책방에서 건축, 도시, 미술 분야의 수업이 끊임없이 열리는 이유다. 수업을 여는 과정에서 얻는 공부가 많다. 많은 책방 운영자가 이미 실현하고 있듯 개인이 가진 것을 책방과 잘 연결하면 무엇보다 좋은 무기가 되리라 본다.

그러나 책방 운영자의 공부 중 가장 중요한 건 독자를 읽는 일이다. 독자를 어떻게 공부해야 할까. 책방을 열고 몇 년간은 전혀 생각하지 않았다. 내 책방인데, 내 취향으로 가득 채우고 내 취향과 맞는 독자가 오면 된다고 생각했던 것도 사실이다. 하지만 취향이란 게 무엇인가. 사전적 의미를 보면 '하고 싶은 마음이 생기는 방향'이다. 나의 마음도 나의 취향도 시시때때로 바뀐다. 그럼 나의 책방도 시시때때로 바뀌어도 될까. 내 책방에 어떤 기대를 하고 오는 독자를 배신해도 되는 걸까. 꼬리에 꼬리를 무는 생각을 하다가 나의 책방에 오는 독자를 관찰하기 시작했다. 어떤 책에 관심을 보이는지, 어떤 책에 기꺼이 돈을 내는지, 어떤 작가를 만나고 싶은지, 어떤 모임에 참여하고 싶은지, 그리고 왜 그 마음을 갖는지.

이는 명확한 공부 방법이 없다. 정량적인 숫자로 결괏값을 낼 수 있는 일도 아니다. 판매 리스트를 보며 많이 팔린 책, 많이 팔린 작가를 순위별로 정리한다고 되는 일도 아니다. 오롯이 책방 운영자가 온몸으로 경험을 축적해야 하는 일이다. 놀라운 건 책을 읽고 사람을 읽다 보면 가끔은 세계를 읽게도 된다는 것. 우리의 세계에 무엇이 필요한지, 어떤 게 잘못되었는지, 내가 혹은 나의 책방이 무엇을 할 수 있는지. 아주 작은 힘이지만 읽는 일과 쓰는 일로 목소리를 내고, 작거나 큰 세계에 더 적극적으로 다가가기 위해 다시 공부하게 된다.

책을 읽고 독자를 읽고 세계를 읽는 게 책방 운영자의 공부라니.

아마 끝내 마침표를 찍지 못할 공부일 테다. 다행인 건 책방 운영자로서 공부하는 동안 개인으로서도 성장할 거라 믿는다. 무언가를 읽는다는 건 나를 알게 되는 일이기도 하므로.

#책방 바깥의 일들

"책방 바깥에서 돈 벌어서 책방에다 쓰시는 거예요?"

책방 바깥의 일을 할 때 많이 듣는 질문이다. 아마 책방은 돈을 못 번다는 인식 때문일 텐데 난 이럴 때마다 귀찮아하지 않고 대답한다.

"책방은 책방에서 버는 돈만으로 유지해요."

책방 일 외에도 책방 바깥에서 일하니 여러 오해가 생산된다. 오해는 크게 두 가지 분류인데 시간과 돈이다. 이를테면 "잠은 언제 자요?" 혹은 "너무 바쁘시겠어요"나 앞서 쓴 "돈 벌어서 책방에 쓰는 건가요?" 또는 "돈 많이 버시겠어요" 같은. 나는 책방 바깥에서 버는 돈을 책방에 쓰지 않는다. 이건 수년간 책방과 책방 바깥의 일을 함께하며 지켜온 나와의 약속이다. 물론 책방에서 난 수익으로 직장 생활 때 만큼의 월급을 꼬박꼬박 챙겨가진 못한다.

나에겐 책방의 일도 책방 바깥의 일도 여러 개의 일이 아닌 하나의 일이다. 바로 읽고 쓰고 나누는 일. 읽기와 쓰기는 연결되어 있다. 그리고 결국에는 말하고 듣는 행위까지 이어진다. 돈 버는 일도 마찬가지다. 여러 개의 일이 서로 도움을 주고받으며 나를 먹이고 입히고 자아존중감을 높이고 자아성취감을 얻는다.

나의 일은 책방 안과 밖의 경계에 있는 일이 많다. 그중 가장 많은 시간을 쓰는 건 책과 책방에 관한 글을 쓰는 것. 외부 청탁이나 계약

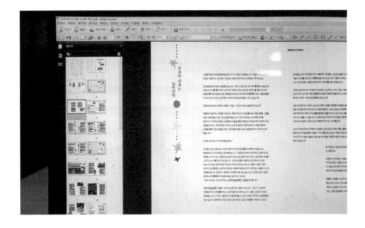

을 통해 쓰는 글이 있고, 내가 나에게 청탁해 쓰는 글이 있다. 대표적인 건 책과 책방과 관련한 단행본 작업과 여러 매체에 공개되는 글이다. 지금 쓰고 있는 이 글도 계약을 통한 마감일이 정해져 있다. 매달 연재하는 신문 칼럼과 예상치 못한 순간에 들어오는 잡지, 웹진 등의 원고다. 스스로 청탁해 쓰는 건 뉴스레터 콘텐츠나 계약하지 않았으나 쓰고 싶은 이야기들이다. 가끔은 미래의 나를 위한 글, 일기나 단편소설도 쓴다.

책방 밖의 일은 작가, 교수자로서 강연과 강의를 하는 일이 많다. 책방 창업이나 책과 관련한 북토크 등 일회성 강연부터 적게는 4주, 많게는 12주가 넘는 연속 강의를 진행하는 교수자가 되어야 하는 일도 있다. 주차 수와는 관계없이 모든 강연, 강의는 일정 조율을 시작으로 주제와 내용을 정하고 홍보 이미지를 만들고 독자를 만난다.

이후 행정처리를 위한 서류 작업도 놓치면 안 된다. 연속 수업하는 교수자가 되면 기획과 커리큘럼을 짜는 일과 수업이 끝나고 난 뒤의 결과물도 챙겨야 한다. 최근 몇 년은 도서관 사업 중 하나인 '길 위의 인문학' 프로그램을 진행했다. 프로그램이 짧게는 두 달, 길게는 넉 달간 진행하므로 도서관 사서와 긴밀히 논의하며 움직여야 한다.

비슷한 일로 책과 책방과 관련하여 전문가가 되면 아니 전문가로 보이면 각종 심사위원, 자문위원, 기획위원, 운영위원 섭외가 들어온다. 이건 강연보다는 조금 적은 사례비를 받고 일회성이 많다. 그런데 이를 통해 한 번 더 나를 브랜딩 할 수 있다. 어느 기관 기획위원, 어느 도서관 자문위원 등으로 이력이 추가된다. 여기서 만난 사람들과 연결되어 새 기회를 얻기도 한다.

그리고 내가 책방 바깥에서 얻는 가장 큰 수익은 전문가로 진행하는 프로젝트다. 자신의 전문 영역에 따라 큐레이션을 하거나, 온라인 홍보물을 하거나, 책자 디자인을 하거나, 에디터로 참여하거나, 큰 책 축제나 행사를 맡거나 여러 형태가 있다. 이땐 전문가로 보이는 게 아니라 전문가여야 한다. 과정과 결과를 보여주고 결과로 증명해야 한다. 증명을 잘 해내야 또 다음 일이 이어진다. 대체로 도시나 사람을 기록하고 기록의 결과를 책자로 만드는 일을 많이 한다. 지금은 서울의 한 지역문화매거진 편집장을 하며 계절마다 잡지를 발행하고, 창작자를 포함한 지역민의 인터뷰 작업 중이다. 이후 이어질 프로젝트는 아직 없지만, 전혀 조급하지 않다. 일은 분명 또 다른 일을 불러올 것이므로.

"저도 책과 책방으로 다른 일을 하고 싶어요."

어느 책방 운영자가 고민이라며 물어왔다. 책방을 운영하면 종종 인터뷰나 원고 청탁을 받지만, 프리랜서 작가로 기획자로 유지하긴 어렵다면서 말이다. 이는 말 그대로 프리랜서가 되어야 하는 일이다. 책방이라는 소속이 있지만, 소속이나 조직에 기대 일하는 게 아니라 오롯이 내 노력과 실력으로 일해야 한다.

책과 책방으로 나를 브랜딩 하려면 무엇을 해야 할까.

정리해보면, 난 네 단계로 생각한다. 첫 번째는 시작단계로 내가 좋아하는 것, 내가 잘 할 수 있는 것, 내 포트폴리오로 쌓을 수 있는 것, 지금 시작할 수 있는 것을 생각한다. 여기서 놓치지 않아야 할 건 내가 책과 책방으로 나를 브랜딩 하려는 이유다. 작가가 되고 싶은지, 책방에 손님을 많이 오게 하고 싶은지, 셀러브리티가 되고 싶은지, 돈을 버는 사업가가 되고 싶은지에 따라 모든 질문의 시작과 답이 달라진다.

두 번째는 진행단계로 빨리 시작하기, 작게 시작하기, 꾸준히 하기다. 다음 달부터 내년부터 해야지가 아니라 그냥 해야 한다. 계획이 거창해질 때까지 기다리면 안 된다. 지금이 몇 월 13일이라도 오늘 시작하면 된다. 꾸준히 하면 어떤 결과물이든 나온다. 중요한 건 완벽하기가 아니라 완성하기. 만약 글쓰기로 나를 브랜딩 하고 싶다면? 공개하는 글쓰기를 하여 완성물을 만들자. 뾰족한 특정 주제로 시작하면 좋다. 예전에는 작가가 되려면 신춘문예나 대형 출판사의 공모전에 당선되어야 했다. 혹은 교수나 박사 등 전문가로서 이미 인정받고 있어야 했다. 하지만 지금은 작가가 스스로 등장하는 시대다. 자비출판을 할까, 독립출판을 할까, 주문형 출판은 어떨까, 전자책을 만들까, 블로그나 브런치 등 글쓰기 플랫폼을 활용할까, 뉴스레터나 특정 연재 플랫폼으로 공개할까, 다양한 선택지를 통해 시작할 수 있다.

세 번째는 드디어 브랜딩 구축 단계다. 꾸준히 내가 해온 것을 연속성 있는 키워드로 잘 조립하고 완성된 결과물을 공개한다. 공개는 하나의 콘텐츠로 여러 형태나 매체가 되면 좋고, 변형하여 다른 콘텐츠로 재생산해내면 더 좋다. N개가 하나로 집중되어야 하고, 하나의 내가 N개의 무엇으로 확장할 수 있어야 좋다.

여기까지 왔다면 이젠 두 번째와 세 번째 단계를 반복해야 한다. 꾸준히 완성된 결과물이 나오고 완성된 결과물이 연속성 있는 키워드로 연결되어 자꾸 공개되어야 한다. 공개하는 게 무척 중요하다. 책과 책방 관련한 전문가는 대부분 지식노동자다. 결과물이 눈에 보이는 제품이 아닌 일이 많다. 따라서 전문적인 지식이나 경험을 눈에 띄는 결과로 만들기 어렵다. 그래서 더욱 지식노동자의 결과물 노출이 중요하다. 전문지식으로 단행본을 출간했다면 더할 나위 없는 포트폴리오가 되겠지만 책 출간이 아니라도 연재나 기고한 글을 모아둔 온라인 페이지, 기획하거나 참여한 행사, 프로젝트를 소개한 페이지를 만들어두자.

물론 오늘 시작한다고 한 달 후에 얻을 수 있는 건 아니다. 몇 달이 혹은 몇 년이 필요할지도 모른다. 하지만 그 과정에서 스스로도, 바깥에서도 새 기회는 만들어질 것이다. 정말 의심 없이 분명하다. 그래서 난 오늘도 무언가를 시작했고, 오늘 또 무언가를 이어간다.

#퇴근은 없지만, 출근은 하루 세 번

광고대행사에 다닐 땐 '출근 시간은 있어도 퇴근 시간은 없다'는 말을 자주 했다. 반은 사실이고 반은 과장이다. 내가 하던 일은 프로젝트 단위로 움직였다. 기획과 제작 관리, 운영까지 프로젝트 전 과정을 진행하므로 짧게는 몇 달, 길게는 2~3년간 업무를 맡는다. 프로젝트의 중반까진 충분히 법적 출퇴근 시간이 지켜진다. 반대로 중반이 넘어서면 회의가 밤 12시나 새벽 2시에 시작하고, 새벽에 리허설을 하거나 편집실에 가거나 연습실에 가기도 한다. 그래도 퇴근은 있었다. 퇴근 시간은 없더라도 일단 퇴근이란 걸 어떻게든 해냈다. 퇴근하면 전화기를 꺼놓기도 하고 술을 먹거나 친구들과 어울렸다. 휴가도 있었다. 연차를 재주껏 쓰고 연차를 몰아 멀리 여행을 갔다. 여행 주간에는 해외든 국내든 업무 전화는 받지 않았고 정말 긴급한 일이 아니면 노트북 전원을 켜지 않았다. 며칠씩 자리를 비워도 회사 일은 돌아갔다. 내 몫의 일이라도 내가 없으면 어느 누군가가 대체해내니까.

그러나 책방은 내가 멈추면 멈춘다. 전문 창작자들이 옆에 있고 스텝이 함께 일해도 내가 움직여야 책방이 움직인다. 사장이 자리를 비우면 티가 난다는 자영업계의 속설이 책방에도 적용되는 것이다. 그래서 내가 책방이란 물리적 공간에 출근하지 않아도 어디서든 매일 난 책방으로 출근한다. 영업시간과 관계없이 오는 온갖 메시지와 전화, 이메일을 처리하고, 유료 모임과 클래스 참가자 문의에 응답한다. 글 쓰는 일도 마찬가지다. SNS 글쓰기를 비롯해 매달 몇 개의 마감이 있고 몇 개의 강연이 있다. 오늘의 글, 미래의 글도 써야 한다. 그리고 난 한 아이의 엄마이기도 하다. 엄마는 아이를 사랑하는 마음만으로 되는 게 아니다. 엄마로서의 일이 있다. 그것도 아주 많이, 끝없이! 이렇게 난 책방 운영자, 글 쓰는 사람, 엄마로 하루 세 번의 출근을 한다.

자, 첫 번째 출근은 책방이다. 아이를 등원시키고 책방으로 출근하거나 동네 카페나 도서관으로 출근한다. 책방에서 진행할 프로그램을 기획하고 온라인 홍보물을 만들고 커리큘럼을 짠다. 책 소개를 쓰거나 큐레이션 납품 도서를 챙기고 출판사 마케터나 책방과 협업을 원하는 곳들과 미팅을 한다. 가끔은 지원사업 신청서를 쓰고 행정처리를 한다. 종종 첫 번째 출근에서 글 쓰는 사람으로서 개인으로서 외부 일정을 해치워낸다. 라디오 방송, 각종 미팅과 만남, 도서관 강연이나 작가와의 만남 등을 전쟁처럼 치러낸다. 일주일에 최소 하루, 보통 이틀은 글을 쓴다. 대부분 마감을 둔 글쓰기다. 매일매일 놀고 싶은 나와 일해야 하는 내가 싸우며 지켜내는 출근이다. 가끔은 놀고 싶은 내가 이긴다. 보고 싶었던 영화나 전시를 보러 출근길에 도망친다. 뜨는 동네의 커피숍도 가고 경의선숲길 산책을 나서기도 한다. 아무리 일과 삶이 뒤엉켜있다지만 균형은 필요한 법. 노는 시간은 나의 일이나 삶을 조금 떨어져서 보게 한다. 무슨 일이든 한 걸음 떨어져서 봐야 제대로 보이지 않던가. 대체로 삶의 균형은 무용한 것들을 하면서 얻어진다.

첫 번째 퇴근과 동시에 두 번째 출근이 시작된다. 아이의 하원과 함께 시작하는 육아. 두 번째 출근은 어떤 상황에도 도망갈 수 없다. 급한 업무가 있을 땐 아이를 데리고 책방이나 업무 장소에 출근하기도 하지만, 두 번째 출근의 대부분은 아이와 놀아주는 일이다. 함께 산책하고 놀이터에 가고 도서관에 가고 동네 슈퍼나 빵집에 간다. 책을 읽어주고 장난감 놀이를 하고 색칠 놀이를 하고 스티커를 붙이고 유치원 활동지를 하고 간식을 챙긴다. 아직 공부해야 하는 나이가 아니지만, 아이의 발달 단계에 따라 엄마가 배워서 해줘야 하는 일들이 많다. 배변 훈련, 식사 교육, 언어 습득, 놀이 변화나 계절 감각 익히기를 거쳐 한글과 영어, 수 감각을 놀이처럼 해내는 일도 엄마의 일이다. 이게 무슨 일이냐 당연하다 말하는 사람이 있을 테다. 하루에도 수백 번 사랑해, 고백하게 만드는 내 아이지만 돌봄은 분명 노동이다. 똑같은 말과 똑같은 행동을 하루에 수십 번 넘게 반복하고, 그 사이사이 돌봄에 따른 가사 노동과 감정 노동과 시간 관리마저 노동이 된다.

아이가 잠들면 드디어 마지막인 세 번째 출근이다. 이땐 첫 번째 출근 때 미처 정리하지 못한 급한 업무와 단순한 업무를 해치운다. 이를테면 계좌이체나 메일 회신, 자료 정리를 한다. 가끔은 써야 할 글이 아닌 쓰고 싶은 글을 쓰고, 쓰는 것보다 자주 책을 읽는다. 보후밀 흐라발Bohumil Hrabal이 "아름다운 문장을 입에 물고 사탕처럼 빨아들인다"라고 썼던 것처럼, '술처럼 녹아내려 흡수'될 만한 책을 읽는다. 그리고 이 글은 세 번째 출근에서 쓰고 있다. 예상했던 출근 시

간에서 한 시간이나 늦은 출근이다.

그러나 이 세 번째 출근은 종종 사라진다. 아니 요즘은 자주다. 첫 번째 출근과 두 번째 출근에서 모든 힘과 마음을 쓴 날이면 세 번째 출근은 없다. 어느 책 제목처럼 '쓰지 못한 몸으로 잠이 든' 날이 많다. 피곤하다며 출근을 포기하는 날, 알람 열 개를 맞춰도 출근하지 못하는 날도 있다.

어떻게 세 번의 출근이 가능할까. 난 강인한 몸과 강건한 마음을 가진 사람이 아니다. 아프지 않기 위해 운동하고 한 사람의 한 마디에도 나부끼는 유약한 사람인데. 세 번의 출근이 가능한 건 생활의 루틴이 되었기 때문이다.

루틴을 만들기 전 가장 먼저 한 건 불필요한 노동을 없애는 일이었다. 불필요한 노동이란 감정 노동, 가사 노동, 꾸밈 노동, 시간관리 노동 같은 추가 노동을 말한다. 특히 많은 사람이 일하며 생기는 가장 큰 노동이 감정 노동이다. 일단 불필요한 만남을 없앴다. 퇴사하면서 감정 노동의 많은 부분이 사라졌지만, 프리워커라고 해서 감정 노동이 없는 건 아니다. 책방에서도 책방이라는 공간을 중심으로 작가와 독자와 손님과 출판사나 서점 관계자가 얽혀있다. 책방에선 '손님이 왕이 아니다'와 '어디에나 손놈은 있다'고 생각한다. 조금 콧대 높은 책방처럼 보이더라도 과도한 친절과 가식의 관계는 없다. 육아에서는 완벽한 엄마를 꿈꾸지 않는다. 자연식 식단이나 천연 재료로 간식을 만들진 못하는 엄마다. 그냥 나와 아이에 집중한다. 아이가 매일 "오늘도 신났어!"라고 말할 수 있도록, 나도 매일 "오늘도 수고했다!"라고 말할 수 있도록.

또 하나는 시간의 틈마다 몰입하는 습관을 길렀다. 10분, 30분을 잘 챙겨 쓴다. 시간의 틈이 생기면 오늘의 할 일을 하나씩 해나간다. 급한 성격이 몰입에 도움이 되기도 한다. 해야 할 일이라면 빨리 해치우고 다음 일로 건너가게 하니까. 물론 틈틈이 나도 유튜브를 보거나 릴스를 멍하게 넘기기도 한다. 하지만 무엇을 보든 무엇을 하든 머릿속 방 한 칸에는 지금 쓰는 글의 방이 있고 다른 한 칸에는 책방의 일이 자리한다. 방문을 열어두면 틈틈이 문을 여닫으며 생각이 오간다. 이때 문제가 해결책을 찾거나 포기하고 어떤 일은 스스로 앞으로 나아간다. 자기만의 방은 물리적인 것만이 아니다. 마음에도 머리에도 자기만의 방이 필요하다.

그러나 진짜 세 번의 출근이 가능한 이유는 따로 있다. 내가 원해서 하는 출근이라는 것. 그래서 모든 출근이 즐겁다. 언젠가 출근이 즐겁지 않게 될까? 지금은 그냥 즐겁다. 고민과 고통과 고난이 없다면 거짓말이겠지만, 이 정도 즐거우면 나에겐 괜찮은 길일 테다. 내가 이 길을 가는 게 즐거우면 지금 나에게 옳은 길이기도 하고.

#계획은 계절마다, 한 달, 이 주일, 하루 단위로

MBTI가 한창 유행일 때, 호기심에 나도 세 번째 출근 시간을 할애하여 경건히 MBTI 시작 버튼을 눌렀다. 셀 수 없이 많은 문항에 놀랐고 어떤 답을 골라야 할지 몰라 당황했다. 내가 나를 잘 알고 있다고 생각했는데 '맞나?' 하는 물음표가 자꾸 떴다. 결과는 INTJ-T. 믿을 수 없는 건 내가 J, 계획형 인간으로 분류된 것. 과연 내가 계획형 인간일까. 숫자로 말하자면 57퍼센트의 J와 43퍼센트의 P를 가졌다고 하니 때론 이렇고 때때론 저럴 것이다.

한때 난 여행을 준비하며 엑셀 표로 대중교통 시간과 입장료, 입장 시간 모두를 사전 조사하는 인간이었다. 그런데 막상 여행지에 가면 계획표는 계획표일 뿐 엉뚱한 여행을 한다. 여행을 계획하고 상상하는 그 시간이 좋았나 보다. 그런데 어느 때부턴가 여행도 무엇도 아주 열심히 조사하거나 계획하지 않게 되었다. 퇴사도 책방 운영도 글쓰기도 그랬다. 삶조차도. 난 10년 후, 5년 후 따위의 계획을 세우지 않는다. 아직 오지 않은 날들을 바라보며 살고 싶지 않달까. 이렇게 살아 있고, 살아내는 것만으로도 충분하기도 하고. 물론 난 프랑수아즈 사강이 말한 것처럼 "아이를 갖는다는 건 죽을 자유를 잃었다는 뜻"이므로 나의 아이가 단단한 어른이 될 때까지 어떻게든 죽지 않겠지만 그리고 죽지 않아야 하겠지만. 그래도 먼 계획이 무슨 소용일까 생각한다. 난 먼 내일보다 바로 내일, 바로 오늘이 중요한 사람이다.

가장 먼 계획은 1년의 계획이다. 1년의 계획은 출판계약서에 따른 마감과 출간 예정일이 대부분이다. 1년보단 계절 단위로 산다. 계절에 따라 여행하고 산책하고 아이와 할 일을 신나게 계획하고, 8주나 12주 짜리 수업을 준비한다. 계절 안에서 한 달의 계획을 세운다. 한 달의 계획에서는 꼭 해내야만 하는 일이다. 정기적으로 해내야 하는 일들이다. 라디오 방송, 신문 연재, 기업 큐레이션 등. 한 달 주기로 진행하는 책방 모임 기획과 운영이 더해지고 곳곳에 강연과 강의가 점처럼 찍힌다. 아이와 함께 여행할 곳과 보고 싶은 영화나 전시도 점이 된다.

이를 좌표 삼아 다음 단계로 이 주일 단위 계획을 세운다. 이 주일 단위 계획은 하나의 선이다. 그동안 지금 이 책에 실릴 원고를 두세 편 쓴다거나 홈페이지 구성을 한다거나 하는 덩어리의 일을 계획한다. 선으로 계획하는 건 나를 일주일 단위로 몰아붙이지 않기 위해서다. 회사생활을 할 땐 주간업무 작성과 주간업무 회의가 일주일 중 큰 이벤트였다. 일주일 단위로 살면 월요일과 금요일에는 무척 조급하다. 조급함은 일을 미루거나 대충 완료시켜 버린다. 결과만 있는 삶 같달까.

"진짜 바쁘시겠어요."

"전혀 바쁘지 않아요."

"에이, 요즘은 바쁘면 바쁘다고 티 내는 게 미덕이래요."

"진짜 아닌데요···."

정말 나의 하루를 살펴보면 바쁘지 않다. 세 번의 출근 날도 마찬가지다. 이건 일주일보다 이 주일 단위로 계획하기 때문일 테다. 여러 개의 일을 덩어리 안에서 점으로 나누어 해결하거나 해낸다. 나는 일주일에 열 개의 일, 다음 주에 열 개의 일을 계획하는 것보다, 이 주일에 스무 개의 일을 계획하는 것이 능률적이고 효과가 좋다. 서툴렀던 일주일도 다음 일주일이 남아있어선지 모르겠다. 일주일에 못다 쓴 글을 뒤 일주일에 수정하고, 일주일에 못다 한 일을 뒤 일주일에 해내고, 일주일에 못 만난 사람을 뒤 일주일에 만나고. 그 사이 잠깐 하루 이틀 쉬거나 미뤄도 크게 흔들리지 않는 시간의 덩어리다. 가끔은 몽땅 일주일 사이에 해낸 뒤 나머지 일주일에 다른 일을 꾸미기도 한다.

하지만 그 시간의 덩어리는 그냥 주어지지 않는다. 하루하루를 지켜내야 얻어지는 덩어리다. 내 하루는 to do list로 이뤄져 있다. 시간의 덩어리를 이루는 점을 찍는 셈이다. to do list에는 꼭 해야 할 일과 하고 싶은 일이 쓰인다. 해야 할 일에는 세금 신고하기, 강사비 입금하기, 지원사업계획서 쓰기, 출판사 메일 회신하기, 아이 준비물 사기, 원고 보내기, 서평 쓰기 등 아주 사소한 일부터 중요한 일까지 적는다. 하고 싶은 일에는 새 프로그램 기획하기, 신간 도서 확인하기처럼 꼭 하지 않아도 되는 일을 쓴다.

list의 마지막에는 작은 성취감을 얻는 일을 꼭 포함한다. 작은 성취감은 어제를 오늘로, 오늘을 내일로 이끄는 힘을 가진다. 800자 정도의 짧은 글 한 편을 완성하는 것도 좋고, 어제 끝내지 못한 글의 마지막 문장 한 줄을 쓰는 일도 좋고, 아니면 미루고 미뤘던 거절의 메일을 쓰거나, 사려고 장바구니에 넣어둔 책을 사는 일도 좋다. 내딛는 건 작은 걸음이라도 시간이 지나 돌아보면 꽤 멀리 나아가 있을지도 모른다.

쓰고 보니 완벽한 계획형 인간처럼 보인다. 그런데 고백하자면 계획은 계획하며 생각을 정리하기 위한 장치다. 생각을 정리하며 할 일과 하지 않을 일, 해야 할 일, 하고 싶은 일을 알게 된다. 그리고 내가 하루를, 2주를, 1년을 계획하는 건 내가 나를 잘했다고 토닥여주기 위해서다. 설령 결과가 나쁘더라도 '하루하루를 이렇게 열심히 살아냈구나!' 잊지 않기 위한 기록이랄까. 애쓴 하루가 어디든 남도록 하기 위해서랄까. 아무것도 계획대로 되지 않는 세상에서 내가 할 수 있는 유일한 건 내가 나를 이끌고 잘 달래며 걸어가는 것뿐이다.

더 나은 책방을 위해

광고대행사를 10년 가까이 다니셨어요. 학교도 오래 다니셨고요. 직장생활이나 공부가 책방 운영에 도움이 되나요?

무슨 일이든 지금의 삶에 도움이 된다고 생각해요. 미술관 인턴과 갤러리에서 일했던 경험은 제가 미술을 이제껏 좋아하는 데 영향을 끼쳤어요. 광고대행사 직장 생활은 저의 취향, 관계, 업무, 모든 것에 영향을 미쳤죠. 모든 일을 기획자의 시각으로 본다는 것, 기획뿐 아니라 실행을 염두에 둔다는 것이죠. 좋은 기획은 멋지게 쓰인 기획이 아니라 실행해낸 기획이라고 생각해요. 그리고 특히 새로운 일을 하는 데 두려워하지 않는 것에 고마움을 느껴요. 아, 과중한 업무와 과도한 업무 시간으로 저를 단련해준 것도요. (웃음) 학교는 제대로 읽고 쓰는 시간을 만들어줬고, 앞으로 더 전문적으로 하고 싶은 일들을 상상하고 준비하는 시간을 갖게 했어요. 그 어느 것도 낭비한 시간은 없다는 생각이 듭니다.

책방 창업을 준비하려면 어떤 공부가 필요할까요? 공부해두면 좋은 게 뭘까요?

모든 공간의 준비는 공간 운영과 공간 콘텐츠 두 가지로 나뉜다고 생각해요. 공간의 운영에는 행정적인 것들도 포함되죠. 계산서 발행이나 확인과 같은 기본적인 것부터 매달 매년 신고하는 각종 세금과 서류도 알아두면 좋아요. 정해진 시기에 해야 하니 놓치면 곤란한 원천세, 부가가치세, 면세사업장현황, 간이지급명세서 신고와 종합소득세 신고 등이 있어요. 그 외에 도서 납품을 하려면 납품 절차나 방법, 지역 내 기회 등을 조사해두면 좋겠죠. 그리고 진짜 중요한 건 공간의 콘텐츠인데요. 책과 책 외에 책방에서 무엇을 할건지를 공부해둬야 하지 않을까요? 모든 책을 읽고 공부할 수는 없으니 내 책방에 얼마큼의 책을 어떻게 비치

할 건지, 어떤 책을 소개할 건지, 어떤 책을 주로 큐레이션할 건지, 지금 출판 경향은 어떤지, 공간 서비스는 어떻게 변화하는지 등을요. 모임이나 클래스를 열고 싶다면 기획은 어떻게 하고 다른 책방은 어떻게 하는지 등을 말입니다. 창업은 모두 내가 선택하고 내가 책임지는 일이에요. 공부하는 과정은 좋은 결과뿐 아니라 자신을 믿게 되는 과정이기도 합니다. 미리 또는 꾸준히 공부하지 않으면 실패할 확률이 높은 게 사실이고요.

책방 숍인숍으로 카페 외에 어울릴 만한 업종을 추천해주세요.

이제까지 숍인숍 책방을 보면 카페, 꽃집, 빵집, 갤러리 등이 있고, 최근 서울 외 지역은 게스트하우스가 많아지는 것 같아요. 숙박 외에 제공할 수 있는 공간, 콘텐츠 서비스로 책만한 게 없으니까요. 한때 홍대 인근에 북 게스트하우스를 열까 하여 오피스텔과 구옥을 찾아다녔습니다. 당시 구옥은 물량 자체가 없어 어렵고 오피스텔은 보통 월세가 보증금 1000만 원에 80만 원에서 100만 원 정도였어요. 책을 읽기 위해, 글을 쓰기 위해, 그냥 책 있는 공간에서 며칠 살고 싶은 분들을 위한 공간으로요. 대관과 숙박 서비스를 같이 한다면 실질적 수익도 날 거 같았고, 책방과 집 서재에 쌓인 개인 책을 쓸모 있게 할 방법인 것 같았어요. 그런 생각을 하던 차에 코로나바이러스가 세상을 멈추게 하면서 더는 진행하지 못했죠. 이런 책 공간을 한다면 도시에서는 특별한 프로그램이 있고 적정한 금액으로 대관이 끊임없이 이뤄져야 하고, 외곽 지역에서 한다면 규모가 좀 크고 매우 예쁜 공간이어야 하지 않을까 생각이 들어요.

**진행한 이벤트나
프로그램은
어떤 주제가
인기였나요?
어떤 형태로
운영하면
좋을까요?**

책방에서 운영하는 프로그램 형태를 나누면 독서모임, 작가와의 만남, 글쓰기나 책 만들기 수업, 인문학 강좌, 전시 등입니다. 책방을 연 2017년도부터 전시와 모임을 꾸준히 해왔는데요. 수년 동안 책방이 많아져 비슷한 모임이 많아졌고 출판 트렌드도 변했고 독자와 손님들의 니즈도 변했어요. 초창기에 매우 인기 있던 모임이 지금은 모객조차 힘들어진 것도 있고요. 그래서 계속 새로 기획하거나 기존 프로그램을 세분화, 전문화하여 보완해야 합니다. 예를 들면 독립출판 제작 클래스의 경우 2017년에는 '스터디'라는 이름으로 함께 고민하는 형태였다면, 지금은 완성된 출판물 한 권을 만드는 것을 목표로 한 심화 형태로 변화했어요. 글쓰기 모임 역시 꾸준히 인기 있는 주제이지만 지금은 소설, 에세이, 시 등으로 세분화하였고 출판사 대표, 편집자, 작가가 모임 리더가 되어 전문화시켜 운영하고 있어요. 제가 생각하는 '인기'는 모객이 잘 되고 참가자의 피드백이 좋다는 건데요. 인기는 계절에 따라 시의에 따라 그리고 책방마다 모두 다릅니다. 책방마다 잘 팔리는 책이 다르듯이요. 그래서 이 책방에서 잘 되는 프로그램을 굳이 따라 할 필요가 없습니다. 자기 책방의 시그니처 프로그램을 만들기 위해 여러 시도를 하고, 그 시도를 통해 만들어 나가는 게 중요하다고 생각해요.

책방도 흔히 말하는 단골 장사를 해야 하나요?

단골 장사란 손님 한 명 한 명 개인의 취향과 성격을 파악하여 서비스하는 것을 말하는데요. 상권이나 책방이 위치한 곳에 따라 다르고 책방 운영자의 성향에 따라 다를 것 같아요. 단골이 많다고 책방 매출이 좋은 것도 아니고, 단골이 없다고 매출이 적은 것도 아닙니다. 책방 업력이 늘어나고 단단해질수록 단골은 자연스럽게 늘어나요. 친분이 쌓여 친구나 동료가 되는 일도 생기고요. 전 이게 사람 관리가 아니라 취향에 의해서 맺어졌다고 생각해요. 그러니 개인 성향상 저처럼 스몰토크가 어렵거나 친밀한 관계 형성에 시간이 오래 걸리는 분들도 책방 운영을 할 수 있습니다.

운영하며 가장 힘들었던 점과 후회했던 점은 무엇인가요? 있다면 어떻게 극복했나요?

아직 후회했던 적은 없습니다. 후회했다면 아마 전 이 책을 쓰지 못했겠죠? 이미 책방 문을 닫았을 테니까요. 힘들었던 점은 책방 운영 초창기 기회비용을 생각했을 때에요. 내가 계속 회사를 다녔다면 이만큼 월급을 받고 이만큼 인센티브를 받았을 텐데의 기회비용은 아니고요. '내가 다른 형태의 공간 서비스를 했다면?' '내가 다른 유형의 책방을 했다면?'의 비교가 들었을 때예요. 한번 비교하기 시작하니 내 책방이 못나 보이더라고요. 보이는 것에만 신경쓰게 되고요. 그런데 문득 내 책방은 고정된 결괏값이 아니라는 생각이 들었어요. 지금의 저나 책방은 결과가 아니라 과정이잖아요. 과정이라고 생각하니 더는 비교하지 않게 되었어요. 난 충분히 이 과정을 즐기고 있고 잘 해내고 있고 잘할 수 있다는 생각이 들었고요. 그리고 나의 책방이 좀 더 많은 사람에게 기회와 경험을 주고 싶다는 욕심도 생겼어요.

**운영자로서
갖춰야 할 자세?
각오해야 할
마음가짐이
있다면요?**

출판은 사양 산업이다, 책방은 돈이 안 된다, 책방은 비싼 취미생활이다, 이런 이야기를 많이 하시는데요. 전 모두 동의하진 않습니다. 책방으로 부자가 되긴 힘들겠지만, 책방으로 충분히 먹고살 수 있다고 생각해요. 그렇다고 쉽게 책방 창업을 한다면 생각보다 큰 생채기를 얻을 수 있습니다. 책을 쌓아둔다고 책이 스스로 팔려나가거나 여유로운 일은 아니거든요. 애쓰지 않고 얻을 수 있는 건 아무것도 없습니다. 책방을 열고 싶다면, 나는 왜 책방인가? 먼저 생각해 보세요. 대체로 무엇을, 어디서, 언제만 고민하시는 것 같아요. 가장 중요한 건 '왜'입니다. 단순히 책이 좋다면 독자로 남아도 되지 않을까요? 그러니 책방으로 내가 얻고 싶은 것, 하고 싶은 일이 무엇인지 구체적으로 생각해야 합니다. 그런 다음 내가 잘할 수 있는 책방 형태를 찾아 '어떻게' 할지 고민해야 합니다. 매력적이어야 한다, 독자의 니즈 변화를 맞추어야 한다, 스토리가 있어야 한다, 차별화된 콘텐츠가 있어야 한다 등의 말은 많이 들어보셨을 겁니다. 그렇다면 어떻게 이것들을 찾아야 할까요? 아쉽지만 빠른 길은 없습니다. 책방을 준비하며 운영하며 공부를 게을리하지 않는 수밖에요.

책만 팔지만 ─────── 책만 팔지 않습니다

초판 1쇄 발행 2024년 6월 14일

지은이 구선아

펴낸이 김준성
펴낸곳 책세상
등록 1975년 5월 21일 제2017-000226호
주소 서울시 마포구 동교로23길 27, 3층 (03992)
전화 02-704-1251
팩스 02-719-1258
이메일 editor@chaeksesang.com
광고·제휴 문의 creator@chaeksesang.com
홈페이지 chaeksesang.com
페이스북 /chaeksesang **트위터** @chaeksesang
인스타그램 @chaeksesang **네이버포스트** bkworldpub

ISBN 979-11-7131-124-8 04810
　　　979-11-7131-123-1 (세트)